세상을 보는 눈

세상을 보는 눈

지은이 | 우철수

펴낸이 | 一庚 張少任

펴낸곳 | 도서출판 답게

초판 인쇄 | 2022년 1월 15일

초판 발행 | 2022년 1월 20일

등 록 | 1990년 2월 28일, 제 21-140호

주 소 | 04975 서울특별시 광진구 천호대로 698 진달래빌딩 502호

전 화 | (편집) 02)469-0464, 02)462-0464

　　　　 (영업) 02)463-0464, 02)498-0464

팩 스 | 02)498-0463

홈페이지 | www.dapgae.co.kr

e-mail | dapgae@gmail.com, dapgae@korea.com

ISBN 978-89-7574-344-3

나답게·우리답게·책답게

우철수 수상록

도서
출판 **답게**

| 차례 |

책을 펴면서

책을 읽으면 지식을 쌓을 수는 있지만, 지혜를 얻을 수는 없습니다. 질풍노도 같은 세파 속에서 많은 좌절과 아픔을 경험하고 끊임없는 반성과 자기 성찰을 하는 사람만이 지혜로운 삶을 살아갈 수 있습니다.

비록 벌레 먹고 빛깔이 곱지 않지만, 농약을 살포하지 않은 유기농 과일을 손님들에게 권하는 농부의 심정으로 제 생각을 세상에 알리게 되었습니다.

아직 가야 할 길이 먼 사람의 말이 세상에 작은 메아리가 되기를 소망합니다. 나아가 이 책이 힘든 삶을 살아가시는 분들께 위안이 되고 힘이 되었으면 하는 마음 간절합니다.

글을 쓰는데 격려해 주신 이재철 교수님과 성원해 주신 김광규 작가님께도 감사의 말을 전합니다.

끝으로 원고를 흔쾌히 받아 주신 답게 출판사 장소임 사장님께 진심으로 감사드립니다.

2022년 겨울 아침

우철수

01_ 경험

고생을 경험한 사람의 가슴이
따뜻한 이유

책을 통하여 알게 된 것은 지식이 되나, 경험하고 성찰하면 지혜가 된다. 과거에 어떤 일에 소홀했지만, 세월이 지나 그것이 중요한 일이었음을 깨닫게 된다. 승자는 이기기 전에 승인(勝因)을 알고, 패자는 지고 나서 패인(敗因)을 안다. 경험하지 않고는 알지 못하고, 알지 못하면 소신이 생기지 않는다.

인생은 살아보아야 현실의 어려움을 알고, 일은 실천해 보아야 실상의 어려움을 안다. 쓰라린 경험을 하지 않고도 쓴맛을 아는 자는 초능력자이고, 쓰라린 경험을 하고 나서야 쓴맛을 아는 자는 괜찮은 자이고, 쓰라린 경험을 하고도 쓴맛을 모르는 자는 불행한 자이다.

고생을 경험한 자의 가슴이 따뜻한 것은 힘겨운 자의 고통을 누구보다 잘 알기 때문이다. 고귀한 경험은 인생의 고귀한 자산이 된다. 사람은 집을 지어봐야 집을 짓는 고충을 알게 되고, 기업을 경영해봐야 경영의 어려움을 알게 된다.

인간은 어떤 상황에 부닥치기 전에는 미래를 예측하기 어렵다. 모르는 길을 처음 걸어가면 두렵지만, 두 번째로 걸어가면 전혀 두렵지 않다. 많이 배운 사람은 유식하지만, 많이 경험한 사람은 지혜로운 사람이다.

가진 자를 비난하는 것은 가진 자의 실상을 몰라서 그러는 것이고, 가지지 못한 자를 비난하는 것은 가지지 못한 자의 실상을 몰라서 그러는 것이다. 우승도 해본 사람이 우승하고, 성공도 해본 사람이 성공한다. 동자승이 아무리 영리해도 노승의 손바닥 안에 있고, 산토끼가 아무리 잘 뛰어도 독수리 발톱 안에 있다.

신은 어떤 일을 경험해 보지 않고도 알지만, 인간은 경험하지 않고는 알 수 없다. 경험을 많이 한 사람보다 어떤 일을 정확히 알고 있는 자는 없다. 굶주린 경험이 없이는 밥의 소중함을 느끼지 못하고, 돈의 궁색함을 겪어봐야 돈의 소중함을 안다.

창의력은 상상력에서 나오고, 능력은 경험의 축적에서 나온다. 인생을 잘 살기 위해서는 삶을 치열하게 살았던 사람을 본받아야 한다. 일에 대하여 알고 있으면 심리적으로 편안함을 누릴 수 있다. 건강보다 값진 보배는 없고, 경험보다 훌륭한 스승은 없다.

인간은 산전수전을 겪고 나서야 겸손하게 되고, 비바람을 견딘 벼 이삭은 여물 때 고개를 숙인다. 과거의 나쁜 전철을 밟지 않기 위해서는 오늘의 고통을 참아야 하고, 과거의 좋은 일들을 이어가기 위해서는 오늘의 노력이 필요하다. 고통스러운 과거는 새로운 시작을 두렵게 하고, 즐거웠던 과거는 새로운 시작을 즐겁게 한다.

진실한 자는 진실한 자의 심정을 잘 이해하고, 절박한 자는 절박한 자의 심정을 잘 이해한다. 직접 경험한 것보다 확신이 가는 것은 없고, 직접 생산한 것보다 믿음이 가는 것은 없다. 걸어온 길을 돌아보면 걸어갈 길이 짐작되고, 살아온 과거를 뒤돌아보면 살아갈 미래가 보인다.

시행착오를 통하여 더 좋은 방법을 터득할 수 있고, 방법을 알고 나면 더 나은 결과를 얻을 수 있다. 실패하지 않았던 자는 앞만 보고 가지만, 실패했던 자는 뒤를 살펴보고 간다. 초보자는 불필요한 일을 만드는 데 앞장서고, 숙련자는 불필요한 일을 줄이는 데 앞장선다.

02_ 꿈과 목표

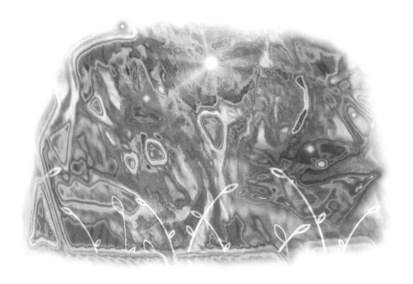

무논의 미꾸라지가 꾸는 꿈

사람은 목표가 달성되고 있음을 느낄 때 자신감이 생기고, 그것이 성취되고 있음을 확인할 때 보람을 느낀다. 마음이 집중되지 않고 산만하면, 사물을 바라보아도 보이지 않는다. 고목도 묘목에서 시작되고, 일억 원도 일 원부터 시작된다.

판잣집에 사는 가난한 사람도 그림 같은 집을 그리며 살고, 무논의 미꾸라지도 하늘로 솟아오르는 꿈을 안고 살고, 개울에 흐르는 물도 바다로 가는 꿈을 안고 흐른다. 일하는 것은 보람이 있는 삶을 위함이고, 휴식을 취하는 것은 다음 일을 잘하기 위함이다.

도전하는 자만이 원하는 것을 이룩할 수 있다. 방향 설정이 명확한 자는 머뭇거리지 않지만, 방향 설정이 불명확한 자는 망설인다. 사람은 걸어야 할 필요가 있을 때 걷고, 긴박한 일이 생겼을 때 달린다.

목적지를 너무 멀리 잡으면 중도에 포기하기 쉽다. 지향하는 목표가 분명한 자는 어떤 유혹에도 흔들리지 않는다. 탁월한 경영자는 시대의 흐름을 읽는 안목과 뛰어난 정책 결정의 능력을 갖추고 있다.

남의 모함을 두려워하는 사람은 위대한 일을 할 수 없다. 목표를 쉽게 설정하면, 쉽게 설정한 만큼 쉽게 포기한다. 죽기를 각오하면 살길을 얻는다. 시상대에 올라 애국가를 따라 부르는 금메달 수상자의 기쁨은 수상자만이 아는 희열이다.

간절한 마음이 없으면 목표를 달성할 수 없다. 삶의 목표가 분명한 자는 세상을 즐겁게 살아가고, 삶의 목표가 불분명한 자는 세상을 힘겹게 살아간다. 사람은 자신이 가고자 하는 목표에 따라 길을 만들고, 자신이 지향하는 목표만큼 능력을 기른다. 하고 싶은 말을 가려서 말하는 자는 목적을 달성하지만, 하고 싶은 말을 다 하며 사는 자는 목적을 달성하지 못한다.

꿈을 위한 준비는 근면 성실함에서 비롯되고, 미래를 위한 준비는 오늘 주어진 일에 최선을 다하는 데 있다. 자신감은 가지면 가질수록 더 큰 자신감이 생기고, 두려움은 가지면 가질수록 더 큰 두려움이 생긴다. 오늘 어떤 일을 시작하지 않으면, 내일은 어떤 것도 얻지 못한다. 사람은 꿈을 향하여 자신의 능력을 키우고, 식물은 영양분이 있는 토양에 뿌리를 뻗는다.

의지가 강하면 고생이 두렵지 않지만, 의지가 약하면 고생이 두렵다. 진취적인 삶을 위해서는 주인이 주는 것을 먹고 살아가는 집오리가 아니라, 새로운 곳을 찾는 야생의 청둥오리로 살아야 한다. 민족을 위한 숭고한 정신을 지닌 자는 민족을 위해 목숨을 바치고, 인류를 위해 이바지하려는 정신을 지닌 자는 인류를 위해 인생을 바친다.

03_ 노력

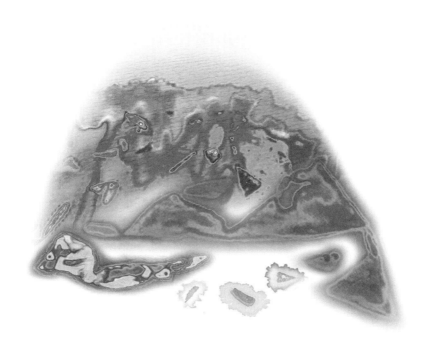

오늘을 후회 없이 살아가는
사람의 특징

인간이 무엇인가를 하려고 마음먹으면 무슨 일이든 못 하는 일이 없다. 시간이 없어서 못 한다고 핑계를 대는 사람은 시간이 있어도 일을 하지 않을 사람이다. 열심히 일하는 자에게는 방해하는 사람이 나타나기 마련이다.

아무리 똑똑한 자식도 강하게 키우지 않으면 세상에서 홀로 설 수 없다. 감동은 공감이 받쳐줄 때 빛나고, 능력은 인정이 받쳐줄 때 빛난다. 열심히 사는 사람에게는 아름다운 추억이 있고, 해야 할 일이 있고, 희망찬 미래가 있어 기쁘다. 편하게 살면 생활비가 많이 들고, 불편하게 살면 그만큼 생활비가 절약된다.

아름다운 장미꽃을 얻기 위해서는 가시에 찔리는 고통을 감수해야 한다. 사람은 새로운 것을 배우고 실행하지 않으면 지금의 상황이 위태할 수 있다. 가난해도 절약에 힘쓰면 재물이 쌓이고, 쓸모없는 땅도 공을 들이면 기름진 땅으로 변하고, 힘들고 어려운 일도 공을 들이면 쉬운 일로 변한다.

지도자가 솔선수범해야 모든 일이 순조롭고, 장작불은 밑불의 화력이 좋아야 윗불의 화력이 좋다. 지혜로운 사람은 절망을 희망으로, 위기를 기회로 바꾸는 힘을 가지고 있다. 힘을 키우면 두려움이 줄고, 일을 많이 하여 성과를 내면 권한이 커진다.

사랑은 행동하는 자에게 사랑의 힘이 쏠리고, 일은 일을 해결하는 자에게 일의 중심이 쏠린다. 열정이 많은 사람은 일거리가 보이지만, 열정이 없는 사람은 일거리가 눈에 보이지 않는다. 일하고자 하면 일이 보이고, 마음이 내키지 않으면 일이 보이지 않는다. 특별하게 사업이 잘되는 곳에는 잘되는 이유가 있고, 안 되는 곳에는 안 되는 이유가 있다.

염천(炎天)에 논밭에서 땀을 흘리는 사람만이 농사의 소중함을 알고, 배고픔으로 죽음 직전까지 가본 자만이 먹는 일이 얼마나 중요한가를 안다. 어떤 일이든 온 힘을 기울이는 사람은 신뢰받는 사람이다. 배워서 행동하는 자는 평범한 사람으로 살고, 스스로 깨우쳐서 행동하는 자는 훌륭한 사람으로 살게 된다.

사랑받는 부부가 되기 위해서는 상호 간에 배려하며 살아야 하고, 우정 깊은 친구가 되기 위해서는 상호 간에 이해하며 지내야 한다. 어느 한 사람을 기쁘게 하면 그 역시 나를 좋아하고, 그를 미워하면 그 역시 나를 싫어한다.

고통의 농도가 진할수록 결과에 대한 기여도가 높고, 고통의 농도가 연할수록 결과에 대한 기여도가 낮다. 힘들게 얻은 지식과 재산은 귀중하게 여기지만, 쉽게 얻은 지식과 재산은 소중함을 모른다.

게으른 까치는 묵은 둥지를 헐어서 자신의 집을 짓고, 부지런한 까치는 새 나뭇가지로 집을 짓는다. 새 물건도 헌 물건같이 쓰고 관리하면 헌 물건이나 다름없고, 헌 물건도 새 물건같이 쓰고 관리하면 새 물건과 다름없다. 여자와 꽃은 가꾸기 나름이듯이, 정원수와 가축도 키우기 나름이다.

준비를 완벽히 하면 의외로 일이 쉽게 풀리고, 대비를 소홀히 하면 의외로 일이 어렵게 풀린다. 남다른 인생을 살려고 하면, 남다른 방법과 열정으로 살아야 한다.

기회란 준비된 자에게만 보이고, 능력 있는 자만이 붙잡을 수 있다. 불성실하고 근면하지 않은 사람은 가난과 서러움 속에 살아야 한다. 시상대 위에 있는 우승자는 우리가 알 수 없는 수많은 땀과 눈물의 시간을 감추고 있다.

늦더라도 열정을 갖고 일하는 자는 성공할 수 있다. 행동에 앞서 좋은 말은 무성하지만, 말처럼 쉬운 행동은 하나도 없다. 사람이 백 년도 못살지만, 천년을 살듯이 그런 열정으로 살아감으로 세상은 발전한다. 노력을 적게 하는 사람은 쉬운 조건도 어렵게 느끼지만, 노력을 많이 하는 사람은 어려운 조건도 쉽게 느낀다.

자식에게는 부모의 정직함과 성실함보다 더 좋은 교훈은 없고, 부하에게는 상사의 솔선수범과 희생보다 더 좋은 모범은 없다. 배우는 것은 중요하다. 더 중요한 일은 배운 것을 실천하는 것이다. 발전을 원한다면 새로운 일과 미지의 일에 도전하자. 불안과 공포는 희열과 보람이 오기 직전의 과정이다.

한 명의 고객을 단골로 만들면 그의 친구들이 단골이 되고, 한 명의 고객을 불평하게 하면 고객의 주위 사람에게도 전달된다. 쓴 약을 먹는 고통을 참아야 병을 고치는 기쁨을 누린다. 내가 약할 때는 두려움이 생기지만, 내가 강할 때는 당당함이 생긴다. 세상일은 마음대로 되지 않지만, 마음대로 되도록 노력하며 사는 것이 인생이다.

내가 지금 어떤 사람을 사랑하지 않으면 그와는 멀어지고, 내가 지금 어떤 일을 하지 않으면 그 일은 나에게서 멀어진다. 혼자서 참을 수 없는 고통은 사람들과 함께하면 참을 수 있고, 혼자서 못 이루는 일은 사람들과 같이하면 이룰 수 있다. 작은 부는 노력으로 가능하지만 큰 부는 운이 있어야 하고, 작은 일은 노력으로 가능하지만, 큰일은 하늘이 돌봐야 한다.

어떤 일을 하고자 하는 사람에게는 기회가 부여되고, 최선을 다하는 사람에게는 인생이 풀린다. 오늘을 열심히 살면 내일을 편하게 살 수 있지만, 오늘을 열심히 살지 않으면 내일을 힘들게 살아야 한다. 부를 쌓으려면 큰 노력과 시간이 필요하지만, 그것이 무너지는 데는 한순간이다.

글은 써놓고 보면 부족함이 드러나고, 일은 마치고 나서 돌아보면 행한 일의 잘못을 알게 된다. 어떤 역할을 하는 자에게는 그에게 걸맞은 권한이 부여되고, 일정한 가치가 있는 물건에는 그것에 상응하는 가격이 매겨진다. 미운 자를 이기는 길은 내가 더 잘 되는 것이고, 능력 있는 자를 이기는 길은 자신이 더 노력하는 수밖에 없다.

땀과 인내의 결과는 아름다운 것이며, 이해와 용서의 결과는 행복한 것이다. 어떤 일을 하고자 하는 자의 이유는 한 가지이지만, 하기 싫은 자의 핑계는 많다. 남을 이롭게 하는 자는 자기 인생에 복을 심는 자이고, 남을 힘들게 하는 자는 자기 인생에 불행을 심는 자이다.

경기에서 승리에 도취하여 자만하는 자는 언젠가는 패배하고, 졌음에도 불구하고 최선을 다하는 자는 언젠가는 승리한다. 조금 더 양보하면 해결할 수 있고, 조금 더 노력하면 이룩할 수 있다. 웃으려고 마음을 먹은 자에게는 하루에도 수십 번 웃을 일이 생기고, 짜증을 부리는 자는 하루에도 수십 번 짜증 낼 일이 생긴다.

나를 위해 희생하면 노력한 만큼 성과를 거두고, 남을 위해 희생하면 의외의 성과를 거둔다. 기회는 준비되지 않은 자에게는 외면하지만, 준비된 자에게는 자발적으로 다가온다.

인간의 삶은 원하는 방향대로 살게 되고, 세상의 일은 인간의 열정 여부에 따라 좌우된다. 웃기 싫어도 웃어야 사랑을 받고, 보기 싫어도 보아야 친밀해진다. 성공한 사람은 남들이 즐기고 놀 때 놀지 않았고, 남들이 포기할 때 포기하지 않았던 사람이다.

사람은 겪어 보고 판단해야 후회가 없고, 초행길은 가보고 판단해야 후회가 없다. 늦더라도 도전하면 무엇인가를 이루고 살지만, 늦었다고 포기하면 아무것도 얻지 못한다. 변화하지 않으면 발전이 없고, 행동하지 않으면 결과가 없다.

나이가 들면 일을 하고 싶어도 못 할 수가 있다. 죽고자 하는 자에게는 죽는 길만 보이고, 살고자 하는 자에게는 사는 길만 보인다. 나보다 잘된 자는 더 노력한 자이고, 나보다 못한 자는 덜 노력한 자이다. 생각이 신념으로 굳어지고 신념이 행동으로 연결되면 반드시 길이 열린다.

인간의 몸은 반 이상이 수분으로 이루어져 있다. 그 가운데 세 가지 귀중한 액체가 있는데 피와 땀과 눈물이다. 피와 땀과 눈물을 흘린다는 것은 고통을 참고 노력한다는 의미를 지닌다.
대체로 사람은 피와 땀과 눈물을 흘리기를 싫어하고 두려워한다. 현실의 고통을 두려워하지 않고 맞서서 이기는 소수의 사람만이 크게 성공한다.

바닷물의 염분은 3%밖에 되지 않는다. 3%의 소금이 바닷물을 짜게 한다. 세상을 바꾸는 사람은 소수이고 그 나머지는 세상을 구경하거나 시류를 따라가는 사람이다.

위인과 범인의 차이는 힘과 지식의 유무에 있는 것이 아니다. 위인은 고난과 역경에 굴하지 않고 끝까지 견디고 이를 극복한 사람이다. 대부분은 고난과 역경이 닥치면 환경을 탓하고 남을 탓한다.

일본 가고시마현 야쿠시마에 무려 7천여 년 된 삼나무가 있다. 태풍이 자주 휘몰아치는 곳이지만 오랜 세월 동안 끈질기게 생명을 유지하고 있다.

같은 품종이라도 좋은 자연환경에서 자라는 나무보다 열악한 환경에서 자라는 나무가 뿌리를 더 깊게 내린다. 노력을 해보지도 않고 '흙수저'라고 하면서 자신의 처지를 한탄하고, '헬 조선'이라고 하면서 국가가 희망이 없고 지옥과 같은 나라라고 불평하는 그들에게 역경을 이기고 우뚝 선 그 나무가 시사하는 바가 크다.

04_ 부모님

부모가 강해지는 이유

자식은 부모의 품을 떠나야 비로소 부모의 사랑을 알고, 사람은 조국을 떠나야 조국의 소중함을 안다. 사람은 나이가 들수록 낳아주고 키워주신 부모를 고마워하게 되고, 힘들고 고생이 될수록 고향을 그리워하게 된다.

자식의 가장 훌륭하고 진실한 스승은 부모이다. 사람은 어려서는 부모가 떠먹여 주는 밥을 먹으면서 자라고, 성장해서는 연로한 부모에게 밥을 떠먹여 드리며 살아간다. 어머니는 딸의 마음을 읽으며 살지만, 딸은 어머니의 마음을 읽지 못하고, 아버지는 아들의 마음을 읽으며 살지만, 아들은 아버지 마음을 읽지 못한다.

부모를 원망하며 사는 자는 부모가 되어서 자식을 원망하며 살아가고, 부모에게 감사하며 사는 자는 부모가 되어서는 자식에게 감사하며 살아간다. 부모는 오래 머물러 주지 않고, 친구는 오래 힘이 되어 주지 않는다.

부모의 장점을 닮아가는 것이 부모를 존중하는 것이고, 스승의 장점을 닮아가는 것이 스승을 존중하는 것이고 상사의 장점을 닮아가는 것이 상사를 존중하는 것이다. 아버지가 되면 아버지의 심정을 이해하게 되고, 어머니가 되면 어머니의 마음을 이해하게 된다. 자식이 어릴 때는 부모가 자식을 위해 희생하고, 부모가 연로하면 자식이 부모를 위해 희생한다.

부모는 가정의 질서를 바로잡아주어야 가족 간에 화목하게 되고, 상사는 회사의 불합리한 점을 바로 잡아주어야 직원들의 사기가 올라간다. 부모는 자신을 위해 강해지는 것이 아니라, 자식을 위해서 강해진다.

효성이 지극한 자식은 부모를 극진히 모시지만 늘 자신의 부족함을 생각하며 아쉬워한다. 부모를 냉대하고 무관심하게 대한 자녀는 부모의 마음을 아프게 하고 서운하게 하고도 자신의 잘못을 깨닫지 못한다.

05_ 사고

새로운 생각과 사고가
필요한 이유

어떤 생각을 하느냐에 따라 사람의 운명이 결정되고, 어떤 각오를 하느냐에 따라 성공과 실패가 좌우된다. 일을 두려워하면 일이 힘들고, 일을 두려워하지 않으면 일하기가 쉽다. 복을 고맙게 생각하지 못하면 화가 되어 돌아오고, 자연을 심하게 훼손하면 재앙이 되어 돌아온다.

사람은 시련과 고통을 딛고 일어서야 성공에 이른다. 구불구불한 길을 힘들다고 생각하면 고통의 길이 되지만, 아름답고 경치 좋은 곳이라고 생각하면 즐거움을 주는 길이 될 수 있다.

자신이 가진 것을 귀한 줄 모르고 남이 가진 것을 부러워하는 것은 보편적인 인간의 심리이다. 주인 정신으로 일하는 자는 사업주가 되고, 종업원의 정신으로 일하는 자는 평생 종업원으로 살게 된다. 인간은 승리보다는 실패를 경험하면서 생각이 깊어진다.

음식에 대하여 불평불만이 많은 자는 먹는 문제로 고통을 받고, 일에 대하여 불평불만이 많은 자는 할 일이 없어 고통을 받게 된다. 대부분의 힘 있는 사람은 존경을 받고 싶어하고, 힘센 짐승은 무리에서 군림하고 싶어한다.

성실한 자는 또 다른 근면한 자를 모방하며 살고, 게으른 자는 또 다른 나태한 자를 모방하며 산다. 긍정적인 자는 조금만 뒷받침해 줘도 좋은 결과를 내지만, 부정적인 자는 많은 뒷받침이 있어도 좋은 결과를 내지 못한다. 긍정적인 자에게는 사물의 긍정적인 것이 눈에 잘 보이고, 부정적인 자에게는 부정적인 것이 눈에 잘 보인다. 추운 날 따뜻한 방에 있는 사람은 바깥도 따뜻한 줄로 알고, 더운 날 시원한 방에 있는 사람은 바깥도 시원한 줄 안다.

공동체의 일에는 내가 편한 만큼 다른 사람이 힘들다. 성실한 자는 눈과 비가 와도 일할 수 있어서 좋아하고, 불성실한 자는 눈과 비가 오면 날씨를 탓하며 놀기를 좋아한다. 가슴이 좁은 자는 가슴이 넓은 자를 칭찬하지 않아도, 가슴이 넓은 자는 가슴이 좁은 자를 칭찬하며 산다. 긍정적인 사람은 주위 사람의 좋은 점을 소문내며 살지만, 부정적인 사람은 주위 사람의 나쁜 점을 소문내며 살아간다.

어떤 일을 실행하기 전에 각오를 단단히 하면 망하지 않고, 죽을 각오로 노력하면 성공할 수 있다. 불평하는 자는 어느 곳에 가도 불평하며 일하고, 감사하는 자는 어느 곳에 가도 감사하며 일한다. 위기를 실패로 보는 자는 나약한 자이고, 위기를 위기로 보는 자는 평범한 자이고, 위기를 기회로 보는 자는 대범한 자이다.

자신감을 가질 때는 하는 일이 즐겁고, 어려움을 당연시할 때는 하는 일이 두렵지 않다. 시간을 과거로 돌려놓을 수가 없지만, 사람의 마음은 과거로 되돌려 놓을 수 있다.

남자는 용맹을 자랑하고 싶고, 여자는 아름다움을 자랑하고 싶다. 올바른 상도로 사는 상인은 오는 손님을 인격체로 보고, 그릇된 상도로 사는 상인은 오는 손님을 돈으로 본다.

생각에 따라 행동이 나타나고, 행동에 따라 결과가 나타난다. 상식으로 생각하면 평범한 일밖에 못 이루지만, 상식의 범주를 넘어서 생각하면 위대하고 창조적인 일을 이룩할 수 있다. 나는 친구를 친구로 생각하지만, 친구는 나를 경쟁자로 생각할 수 있다. 나는 이웃을 이웃으로 생각하지만, 그들은 나를 시기와 질투의 대상자로 볼 수 있다.

쉽게 얻으면 쉬운 줄 알고, 어렵게 얻으면 어려운 줄 안다. 기쁜 마음으로 일하는 사람은 보는 사람을 즐겁게 한다. 사람의 마음은 순간순간 변하지만, 사람의 심성은 십 년이 지나도 변하지 않는다.

돈이 없으면 돈 쓸 일이 많고, 몸이 아프면 활동할 일이 많다. 감사하는 마음으로 세상을 보면 감사해야 할 일이 넘치고, 불만의 눈으로 세상을 보면 원망할 일이 넘친다.

불가능을 가능하게 하는 것은 불굴의 도전 정신이다. 모든 것을 긍정의 눈으로 보는 자에게는 얻는 것이 많고, 부정적인 눈으로 보는 자에게는 잃는 것이 많다.

비판하는 사람의 말을 들으면 세상에 할 일이 별로 없고, 긍정적인 사람의 말을 들으면 세상에 할 일이 많다. 진취적인 사람은 불가능한 일도 가능케 하고, 진취적인 마음이 없는 사람은 가능한 것도 불가능하게 만든다. 공무원의 대민 자세가 바람직하게 바뀌면 국민의 만족도가 달라지고, 경영자의 마인드가 고객 중심으로 바뀌면 사업성과가 달라진다.

마음 바탕이 올바른 사람은 합리적인 방식으로 일을 처리하고, 마음 바탕이 잘못된 사람은 부당한 방식으로 일을 처리한다. 건강함에 감사하고 살아 있음에 감사하자. 꿈이 있음에 감사하고 할 일이 있음에 감사하자. 정신을 차리지 않고 걷는 자는 장애물에 부딪히며 갈팡질팡하게 된다. 즐거운 마음으로 일하는 자는 인생이 즐겁고, 억지로 일하는 자는 인생이 고달프다.

남의 떡이 더 크게 보이듯이, 내가 하는 일은 힘들고 남이 하는 일은 쉬워 보인다. 신은 인간에게 기쁨과 고통을 주지만, 인간은 기쁨을 당연한 것으로 받아들이고, 고통을 부당한 것으로 받아들인다. 얻을 것만 바라면 실망하게 되고, 잃을 것만 생각하면 아무 일도 할 수 없다. 배부를 때는 배고플 때의 서러움을 잊지 말고, 배고플 때는 배부를 때의 고마움을 잊지 말자.

현명한 자는 지는 것이 이기는 것임을 알고, 어리석은 자는 우기는 것이 이기는 것인 줄 안다. 감사하는 마음은 나를 변화시키고, 상대방의 마음도 변화시킨다. 사람은 하루에 10번 이상 미안해하는 마음을 갖고 살아야 하고, 20번 이상 감사하는 마음을 갖고 살아야 한다.

어떤 일이 가능하다고 생각하면 길은 보이게 되지만, 그것이 불가능하다고 예단하면 길은 보이지 않는다. 생각 없이 일하면 실수가 잦고, 집중해서 일하면 생산성이 높게 된다.

마음이 넓은 사람은 가진 것이 없어도 남에게 줄 것이 많고, 마음이 편협한 사람은 가진 것이 많아도 남에게 줄 것이 없다. 하고 싶은 일만 하고 살면 행동의 폭이 좁고, 하기 싫은 일도 하며 살아야 행동의 폭이 넓다. 마음을 바르게 쓰면 친구가 사방에서 모여들고, 행동을 바르게 하면 길은 여러 갈래로 열린다.

동네 목욕탕 휴게실에 걸린 건강을 위한 10가지 방법 중 10번째가 마음에 와닿았다. 남에게 베풀면 건강해진다는 내용이었다.

적절한 운동과 영양분 섭취는 건강의 외적인 조건이지만, 남에게 베푸는 것은 건강의 내적 조건이다. 대체로 남에게 베푸는 사람은 심성이 곱고 마음이 너그럽다.

대인춘풍 지기추상(待人春風 持己秋霜)이라는 말이 있다. 남을 대할 때는 봄바람처럼 포근하게, 자기 자신을 지키는 것은 가을의 서리처럼 엄하게 하라는 뜻이다.

그러나 몇몇 사람은 남을 대할 때는 가을의 서리처럼 매몰차지만, 자신에 대해서는 관대하다. 남의 작은 흉을 보는 사람은 자신에게 더 큰 흉이 있음을 알지 못하거나 알아도 모르는 체 한다. 그것이 문제다.

오늘날 사람들의 입에 회자되고 있는 '내로남불'은 내가 연애하면 로맨스이고, 남이 하면 불륜이라는 뜻이다. 이러한 사고방식이 만연되면 그 사회는 위험하다. 남을 비판하기 전에 자신을 돌아보는 마음가짐이 중요하다.

06_ 성공과 실패

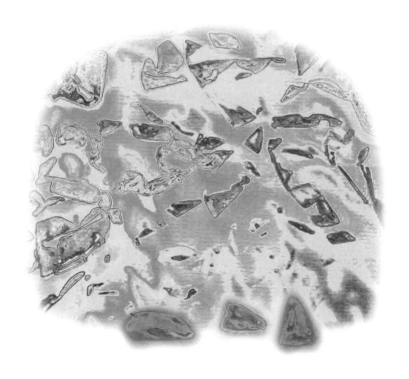

시간을 지배하는 사람과
시간에 쫓기는 사람

큰 성공은 작은 성공이 모여서 이룩된 것이다. 부와 권력과 명예를 누리는 사람들과 자신을 비교하면 열등감에 빠지고 내면의 평화는 깨진다. 용장(勇壯)은 강졸(强卒)을 필요로 하고, 강졸은 용장을 원한다. 성공하면 사람이 구름처럼 모여들고, 실패하면 주변에 있던 사람도 사라진다.

감사하는 마음으로 살면 성공하지만, 원망하는 마음으로 살면 실패한다. 남에게 악행을 하는 사람과 동업을 하면 망하고, 남에게 선행하는 사람과 동업을 하면 성공한다. 누구나 성공을 원하지만, 어디에 강점을 두느냐에 따라 성공과 실패가 결정된다.

준비 없는 자는 항상 인생에 쫓기며 살지만, 준비된 자는 여유를 가지고 살아간다. 정직하고 성실한 자가 잘 되는 것이 순리이다. 그렇지만 순리대로 안 되는 것이 세상일이다. 신용을 바탕으로 성공한 사람은 신용을 제일로, 돈으로 성공한 사람은 돈을 제일로, 권력으로 성공한 사람은 권력을 최고로 여긴다.

어떤 사람이 목표 달성을 위하여 열심히 살아갈 때 성공을 비는 사람도 있고, 무관심한 사람도 있고, 실패하기를 바라는 사람도 있다. 자신의 실패에서 좌절하지 않고 교훈을 얻는 사람은 반드시 성공을 이룬다.

나아가야 할 때 나아가고 물러서야 할 때 물러서야 미움을 받지 않는다. 기회는 위기의 형태로 다가오고, 위기는 기회의 형태로 다가온다.

실패란 본인이 실패로 인정할 때 실패이고, 성공이란 본인이 성공으로 인정할 때 성공이다. 성공은 지나간 실패를 용서하고, 기쁨은 지나간 고통을 용서한다. 초기의 실패는 성공의 밑거름이 될 수 있으나, 마지막 실패는 패자의 영원한 불명예가 된다. 사랑과 인생과 인기와 업적은 롤러코스터와 같으므로, 너무 좋아하거나 너무 슬퍼할 필요가 없다. 꽃나무에는 해마다 꽃이 핀다. 그러나 인간에게는 꽃을 피울 기회가 주기적으로 오지 않는다.

성공하는 자는 남보다 먼저 어떤 일을 과감하게 실행하는 자이다. 능력 있는 사람들이 나가도, 쓸모없는 사람들이 남아 있어도 기업의 장래는 암담하다. 어려울 때 힘이 될 수 있는 세 명의 진실한 친구를 가진 사람은 성공한 사람이다. 사업가나 직장인의 성공은 초지일관의 정신에 있다.

승자는 시간을 지배하며 살고, 패자는 시간에 쫓기며 산다. 고통과 시련에 굴복한 자는 패하고, 고통과 시련을 제압하는 자는 승리한다. 성공하는 사람은 시련을 도약의 계기로 삼고, 실패하는 사람은 시련을 좌절의 계기로 삼는다.

남을 너무 의식하며 사는 자는 실패할 확률이 높고, 남을 의식하지 않고 소신 있게 사는 사람은 성공할 확률이 높다. 기업의 혁신은 기업의 보신주의자들의 내부 반발 때문에 실패한다. 승자가 되면 승자의 심정을 이해하고, 패자가 되면 패자의 심정을 헤아릴 줄 알아야 한다. 가정에서는 부모의 말씀을 들으면 되고, 회사에서는 유능한 상사의 말을 들으면 된다.

인생에는 성공한 경험도 중요하지만, 실패한 경험도 소중한 자산이다. 이기고 지는 일은 누구에나 있는 일이고, 흥하고 망하는 것은 어디에나 있는 일이다. 성공할 사람은 정직과 성실을 배우고, 성공하지 못할 사람은 요령과 변명부터 배운다. 진취적인 자는 창조적인 삶을 살아가지만, 온건주의자는 창조적인 삶을 살지 못한다.

인간은 성과물을 내야 하고, 가축은 생산물을 내야 한다. 성수기에는 비수기를, 비수기에는 성수기를 대비해야 한다. 사람은 사람을 신뢰하여 손해를 볼 때가 있고, 불신하여 손해를 볼 때가 있다. 절약하는 습관을 몸에 익히면 흥하고, 돈을 쓰는 습관에 길들면 망한다.

생각에서 자신감을 느끼는 자는 용기를 얻고, 행동에서 자신감을 느끼는 자는 성공을 거둔다. 경쟁심으로 남을 힘들게 하는 자는 경쟁심 때문에 망하고, 자존심으로 남을 힘들게 하는 자는 자존심 때문에 망한다. 성공의 열쇠는 참신한 아이디어와 열정과 타이밍이다. 성공에 대한 가능성이 높은 사람에게는 주위 사람의 관심이 쏠린다.

성공은 많은 시행착오에서 좋게 마무리된 결과이고, 실패는 많은 시행착오에서 나쁘게 마무리된 결과이다. 승리는 끝까지 이루고자 하는 자의 전리품이다.

어떤 일이 하기 싫어도 실천하는 자는 크게 성공하지만, 하기 싫다고 실천하지 않는 자는 아무것도 이루지 못한다.

인간관계는 정직과 신뢰를 바탕으로 좋아진다. 실수나 실패는 성공을 위한 또 다른 디딤돌이 된다. 성공하는 자의 4대 원칙은 판단력과 열정과 추진력과 인간관계다. 사업 성공은 긍정적인 마인드와 열정적인 자세에서 시작되고, 사업 실패는 될까 말까 하는 의구심에서 비롯된다.

성공비결은 성공하고 싶어 하는 많은 사람이 듣고 싶은 말이다. 성공하면서 성공하는 법을 배우지만, 실패하면서도 성공하는 법을 배운다. 소신이 없고 힘이 없으면 간섭하는 사람이 나타나고, 소신이 있고 힘이 있으면 간섭하는 사람이 사라진다. 남의 도움으로 살면 눈치를 보며 불안하게 살게 된다.

자수성가한 사람은 피땀을 흘려 재산을 모았기 때문에 자산관리가 잘 되지만, 부모님께 유산을 많이 받아 부자로 사는 사람은 자수성가한 사람보다 재산관리를 잘 할 수 없다. 그러한 이유는 쉽게 얻은 자산으로 인하여 돈의 귀중함을 모르기 때문이다.

낮고 평평한 산을 오른 사람은 정상에 올라가도 멀리 볼 수 없다. 그러나 높고 험준한 산을 정복한 사람은 멀리 볼 수 있다.
산을 오르기 전에는 산을 올려다볼 수 있지만, 산을 오른 후에는 아래에 있는 세상을 내려다볼 수 있다.

작은 역경을 이긴 사람은 작은 성취감을, 큰 역경을 이긴 사람은 큰 성취감을 맛보는 영광을 누릴 수 있다.

산을 오를 때는 숨이 차고 힘들어도 사고가 잘 일어나지 않는다. 그 이유는 낮은 자세로 천천히 걷기 때문이다. 그러나 산에서 내려올 때 몸을 다치는 이유는 긴장을 풀고 방심하면서 내려오기 때문이다.

러시아 테니스 선수 마카로바와 베스니나는 2016년 세계랭킹이 각각 36위와 52위였다. 하지만 두 사람은 그들보다 실력 있는 뛰어난 많은 경쟁자를 물리치고 리우 올림픽 복식경기에서 우승을 거두었다.

개인의 능력이 다소 부족하지만 두 사람이 서로 화합하고 존중하고 신뢰하면 자신이 가진 능력 이상의 결과를 이룩할 수 있음을 알 수 있다.

07_고객

고객과 국민의 목소리를
경청해야 하는 이유

고객은 주인의 가식적인 친절과 진정성 있는 친절을 구별할
줄 안다. 세상에는 제품이 비싸더라도 그 제품을 구매하는 고객
이 있고, 값싼 제품만을 원하는 고객이 있다. 대접하기보다는 대
접받기를 좋아하고 공짜를 바라는 사람이 불평을 더 많이 한다.
직원의 잘못하는 일은 업주가 더 잘 알고, 업주가 잘못하는 일은
고객이 더 잘 안다.

고객의 목소리를 경청하는 회사가 성장하고, 국민의 목소리
를 듣는 나라가 부강하다. 다른 가게보다 조금만 잘해줘도 손님
은 매우 잘한다고 말을 하고, 다른 가게보다 조금만 못 해줘도
손님은 매우 못한다고 말을 한다. 모든 소비자는 제품과 서비스
에 대한 최종 심판자이다.

A가 생산한 제품을 B가 소비하며 살고, B가 생산한 제품을 A
가 소비하며 산다. 고객 중에는 한여름에도 춥다는 손님이 있고,

한겨울에도 덥다는 손님이 있다. 소비자가 만족한 만큼 회사가 성장하고, 국민이 만족한 만큼 나라가 부강하게 된다.

가을에 사과를 먹으면서 달고 맛있는 사과를 재배한 농부의 수고에 대해 생각하고, 한겨울에 새로 산 장갑을 착용하면서 자신의 손을 따뜻하게 해준 공장 근로자의 수고에 감사하는 마음을 갖는 사람은 사려 깊은 소비라자라고 할 수 있다.

오늘의 A급 거래처보다 장래가 밝은 B급 거래처가 더 나을 수도 있다. 상품은 품질 향상이 있을 때 생명주기가 길다.

08_ 시간

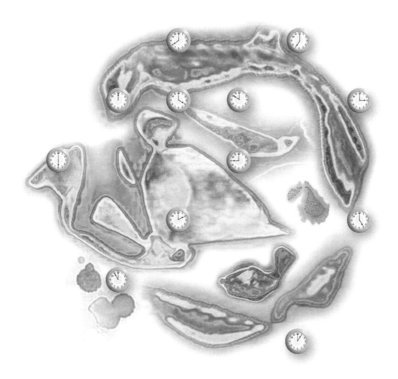

인간의 의지와 상관없는 시간

시간의 중요성을 모르는 사람은 성공하기 힘들다. 인간의 의지와는 상관없이 시간은 간다. 사람의 일이란 늦을세라 서두르면 일찍 도착하게 되고, 빠를세라 늦장 부리면 늦게 도착하게 된다.

가던 길은 다시 되돌아올 수 있지만, 지나간 시간은 되돌릴 수 없다.

달걀이 병아리 되기까지는 시간이 필요하듯이, 사람다운 사람이 되기까지는 시간이 필요하다.

사람의 일은 일찍 시작해서 늦게 거둘 수도 있고, 늦게 시작해서 일찍 거둘 수도 있다.

원하던 승진을 하였거나 사업이 번창하여 많은 돈을 벌었을 때 기쁨의 순간은 영원하지 않다. 이것은 우리가 고기를 먹을 때도 마찬가지다. 한우 갈빗살을 숯불에 구워서 처음 먹을 때는 고기

맛이 기막히지만, 시간이 지나 배가 부른 상태에서 먹는 고기 맛은 처음의 고기 맛과 차이가 난다.

살아 있는 물고기는 맑은 물과 먹이를 찾아 물을 거슬러 올라가지만, 죽은 물고기는 물 위에 둥둥 떠서 물과 함께 떠내려간다.

사람에게도 이와 같은 비유가 적용된다. 목적 없이 살아가는 사람은 시간에 의해 지배당하고 살지만, 목표의식이 뚜렷하고 의지가 있는 사람은 시간을 지배하는 다른 삶을 살아간다.

한 시간 동안 재미있는 강의를 들었을 때는 시간이 5분밖에 안 걸린 것처럼 빨리 지나간다. 그러나 강의가 지루하게 느낄 때는 1시간이 서너 시간처럼 느껴진다. 이것을 시간 의식이라고 하는데, 인간이 시간에 대해 의식을 부여하기 때문이다.

오늘이 어제와 같고 내일과도 같다는 마음으로 살면 큰 착각이다. 오늘 하루가 지나면 가버린 24시간은 재생되지 않는다. 우리는 과거를 회상할 수만 있다.

일상에서 의미를 부여하고 새로움을 발견하고 감동하고 감사하는 마음으로 사는 사람은 지혜롭고 행복한 사람이다.

즉석식(fast food)과 여유식(slow food)의 차이점은 영양가가 있느냐 없느냐의 문제가 아니다. 시간과 정성이 얼마나 들었느냐에 있다.

'현재 즉 오늘은 선물이다(Present is present)'라는 말이 있듯이 시간은 바쁜 사람과 한가한 사람에게 똑같이 부여된 선물이다. 선물 즉 시간을 잘 활용하는 사람이 현명한 사람이다.

'시간은 돈이다'라는 격언보다'시간은 생명이다'라는 격언을 마음에 새긴 사람은 시간을 더 소중하게 여긴다.

09_ 신뢰

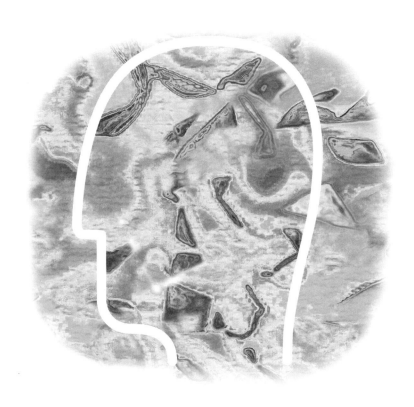

자신에게 가장 무서운 적은?

자신을 못 믿는 사람은 자신감이 없고, 자신감이 없으니 용기도 없다. 남의 진심은 내가 알기 힘들고, 나의 진심은 남이 알기 어렵다. 정직과 신용을 귀중하게 여기는 사람은 성공한다.

인간사에는 신뢰가 생명이다. 신뢰 없이는 어떤 분야에서도 성공을 거둘 수 없다. 정직하고 겸손해야 떳떳할 수 있고, 공정을 유지해야 불평불만을 막을 수 있다. 정직하고 열정적인 사람에게는 기회가 와도, 부정직하고 부도덕한 사람에게는 기회가 오지 않는다.

내가 상대를 믿을 때 상대도 나를 믿게 되고, 내가 상대를 믿지 않을 때 상대도 나를 믿지 않는다. 확실하게 행동할 사람은 말을 앞세우지 않지만, 실행하지 않을 사람은 말을 앞세운다.

한마디의 거짓말은 또 다른 거짓말의 씨앗이 되고, 한 마디의 정직한 말은 또 다른 정직한 말의 씨앗이 된다. 자신에게 무서운 적은 자신을 믿지 못하는 것이다.

세상일은 설마설마하다가 당하고, 믿었던 사람이 나를 배반할 수도 있다. 조직에서는 신뢰를 바탕으로 단합된 힘이 생기고, 불신으로 단합된 힘을 잃게 된다. 신뢰를 쌓는 사람에게는 행운의 길이 열리고, 불신을 쌓는 사람에게는 불행의 길이 열린다.

남에게 돈을 빌려줄 때는 그 사람의 신용을 보고 돈을 빌려주고, 돈을 빌릴 때는 그 사람의 능력을 보고 돈을 빌린다. 돈이 행복의 필수조건이라면 신용은 성공의 필수조건이다.

지도자의 일관성은 지휘체계의 신뢰를 높인다. 야생 동물은 힘과 재주로 우열을 가리듯이, 인간은 능력으로 우열을 가린다. 자신을 믿는 사람은 세상의 어려움을 지배하며 살고, 자신을 못 믿는 사람은 세상 어려움에 지배당하며 산다.

신뢰가 있는 사람은 다른 사람도 신뢰 있는 사람으로 만들고, 신뢰가 없는 사람은 다른 사람도 신뢰 없는 사람으로 만든다. 본심으로 사는 자는 신뢰를 쌓는 삶을 살고, 허세로 사는 자는 불신을 쌓는 삶을 산다.

부자는 재물로 자신의 견고한 성을 쌓고, 정직한 자는 신용으로 자신을 견고하게 한다. 모든 병을 고치는 만병통치약은 존재하지 않지만, 누구에게나 통용되는 진심이라는 명약은 존재한다.

꼬리가 길면 밟히게 되듯 한두 번 정도는 남을 이용하고 속일 수는 있지만, 그 이상은 불가능하다. 인간관계와 모든 일에는 정직과 신뢰가 바탕이 되어야 한다.

10_ 아름다움

미인과 들꽃

타고난 외모보다 고운 마음이 더 아름답고, 타고난 재능보다는 근면이 더 아름답다. 인간은 누군가로부터 사랑을 받으며 살고, 누군가에게는 사랑을 주면서 산다. 내가 입을 것을 추위에 떨고 있는 자에게 나누어 주면 복을 받게 되고, 내가 먹을 것을 배고픈 자에게 나누어 주면 복을 받게 된다.

미인이 아름다워도 영원한 미인으로 남을 수 없고, 장미가 아름다워도 영원히 아름다울 수는 없다. 젊은이는 희망 속에서, 늙은이는 추억 속에서 산다. 기회는 절실하게 필요로 하는 자에게만 오며, 아름다움은 누릴 줄 아는 자에게만 온다. 좋은 종자는 이웃과 나누어 심는 것이 좋고, 맛있는 음식은 이웃과 나눌수록 정이 난다.

하는 일에 최선을 다하는 사람보다 아름다운 사람은 없다. 일을 즐겁게 하는 사람은 인생을 즐겁게 사는 사람이다. 꽃보다 아름다운 것은 천진난만한 웃음과 부드러운 말이다.

좋은 친구가 있고 좋은 이웃이 있는 사람은 복을 누리는 사람이다. 서로서로 이해하는 삶을 살기 위해서는 상대방의 처지를 생각해야 한다. 친절은 사람과 사람, 이웃과 이웃을 따뜻하게 연결하는 사랑의 고리이다.

남편이 아내의 고충을 이해하면 그 가정은 화목하고, 아내가 남편의 고충을 이해하면 그 가정은 행복하다. 가장 아름다운 사람은 끊임없이 노력하는 사람이고, 가장 무서운 사람은 오뚝이처럼 넘어져도 일어나는 사람이다. 마음이 아름다운 자는 말과 행동이 아름답고, 마음이 거친 자는 말과 행동이 거칠다.

여성의 가장 큰 무기는 사랑이고, 남성의 가장 큰 무기는 용맹이다. 사랑받는 사람은 상대방의 처지에서 생각하고 행동하는 사람이다. 세상을 밝은 눈으로 보면 아름답게 보이고, 세상을 어두운 눈으로 보면 추하게 보인다.

세상에서 가장 아름다운 세 가지 모습은 언제나 미소 짓는 모습이고, 배려하는 모습이고, 열심히 일하는 모습이다. 사랑은 아름다움을 베푸는 것이고, 용서는 인간다움을 베푸는 것이다.

사람은 장미의 화려함과 백합의 향기에 매료되지만, 이름 모를 들꽃에서 아름다움을 발견하는 사람도 있다.

아름다운 것에 너무 마음을 빼앗기면 낭패를 당할 수 있다. 버섯 중에 독버섯은 화려하다. 그러나 식용 버섯은 화려하지 않다.
아름다운 사람이나 아름다운 대상을 만났을 때 그 아름다움이 진정한 아름다움인지 거짓 아름다움인지 구별할 줄 알아야 한다.

여자 어린이는 못난이 말괄량이 삐삐 인형을 귀엽고 아름다운 바비 인형보다 더 오래 갖고 논다.
사람은 아름다움에 빨리 매료되었다가 빨리 싫증을 내는 경향이 있다.

삼성그룹의 고 이병철 회장의 어머니께서는 인심이 후하여 주변 사람들에게 온정을 많이 베푼 분으로 유명했다. 마을에 해산한 부인이 있으면 미역과 쌀을 보냈고 가난한 가정을 두루 살펴서 물질적인 도움을 아끼지 않았다.
사회지도층 인사가 자신에게 요구되는 도덕적 의무와 책무를 다할 때 사회는 아름답고 신바람이 나는 곳이 될 것이다.

11_ 욕심

소를 빌리면 머슴까지
빌리고 싶은 인간

명예를 무리하게 취하면 불명예가 따르고, 이권을 무리하게 취하면 불이익이 따르고, 행복을 무리하게 취하면 불행이 뒤따른다. 큰 집은 돈이 부족해서 구매할 수 없고, 작은 집은 체면 때문에 구매할 수 없다. 인간의 삶은 자기 욕망을 채우기 위한 합법적 경쟁이다.

진실한 사람은 남에게 베푸는 선행이 대중에게 알려지는 것도 싫어하고 칭찬과 대가도 기대하지 않는다. 현명한 사람은 물러설 때를 안다. 자신의 가치를 너무 높이려고 하면 기회를 놓치고, 상품의 값을 너무 높이면 판매의 기회를 잃는다.

욕심이 과하면 화를 부르고, 방심이 과하면 자멸을 부른다. 내가 하기 싫은 것은 다른 사람도 하기 싫어하고, 내가 하고 싶은 것은 다른 사람도 하고 싶어한다. 자신이 얻고자 하는 것을 욕심을 내어 행동하면 원하는 것을 못 얻을 수 있지만, 남이 얻고자 하는 것을 도와줄 때 내가 얻고자 하는 것도 같이 얻게 된다.

주인은 종업원이 하는 일이 마음에 들지 않고, 종업원은 주인이 하는 일이 마음에 들지 않는다. 씨름의 승리는 모래판 위의 3cm 안에서 결정되고, 판매의 성공은 상대와의 마지막 5분간의 대화에서 결정된다.

남이 하는 일을 따라 하다 보면, 정작 내가 가야 할 길을 갈 수 없다. 남의 소를 빌리고 나면 남의 머슴까지 빌리고 싶다.

권력을 가지면 군림하고 싶고, 돈을 가지면 자랑하고 싶은 것이 인간의 보편적인 마음이다. 걷는 사람은 자전거를 타고 싶고, 자전거 타면 자가용을 타고 싶다. 큰 일을 이루기 위해서는 주변을 정리하여 목표에 방해물이 되는 것을 제거해야 한다.

마음이 가는 곳에 몸이 따르고, 꿈이 있는 곳에 실행이 따른다. 사람의 욕심은 작은 고기를 잡고 나면, 큰 고기를 잡고 싶다. 싸움은 내 입장만 생각하고, 상대방의 입장을 무시하는 데서 시작된다. 욕심이 과하면 잡았던 기회까지 잃게 되지만, 욕심을 내려놓으면 없던 기회도 찾아온다.

큰 부를 누리고자 하는 사람은 위험한 곳에 투자하고, 적당한 부를 거두려는 자는 안전한 곳에 투자한다. 현명한 자는 겸손과 온유로 자신의 가치를 격상시키고, 미련한 자는 시기와 욕심으로 자신의 가치를 격하시킨다. 굶주림을 경험한 사람은 밥에 대한 욕심이 있고, 가난을 경험한 사람은 돈에 대한 욕심이 있다.

인간관계가 틀어지게 되는 것은 한쪽의 지나친 욕심 때문이다. 인간의 능력이 무한하듯이, 인간의 욕심도 무한하다. 상대의 수치심은 덮어주어야 하며, 상대가 비밀로 간직하려는 것은 알려고 할 필요가 없다.

12_ 인간 행동

영글수록 덩굴 속으로
숨는 애호박

자신의 약점은 보이지 않지만, 남의 약점은 잘 보인다. 눈을 뜨면 똑같은 아침 해가 밝아 오기에, 젊은이는 항상 청춘인 줄로 착각한다. 거울은 사람의 겉모습을 보여주며 잘못을 고치게 하고, 양심은 사람의 속마음을 비추며 잘못을 고치게 한다. 남에게 상처를 준 가해자는 자신이 행한 일을 잊고 살지만, 피해자는 평생을 잊지 못한 채 고통 속에 산다.

사람은 겪어봐야 마음을 알 수 있고, 공과(功過)를 논하는 과정에서 상대의 양심을 알 수가 있다. 내가 순수하면 다른 사람도 순수한 줄로 믿고, 내가 순수하지 않으면 다른 사람도 순수하지 않다고 판단한다.

말로 의사표시를 하지만, 친해지면 눈빛으로 전달한다. 작은 일에 감사하는 자는 큰일에도 감사하지만, 작은 일에 감사하지 않는 자는 큰일에도 감사하지 않는다. 외모가 준수하지 않아도 마음과 행동이 착하면 아름답게 보이지만, 외모가 준수해도 마음과 행동이 그릇되면 아름답게 보이지 않는다.

가진 것이 많아도 마음이 빈곤하면 빈곤한 사람이고, 가진 것이 적어도 마음이 부유하면 부유한 사람이다. 돈이 부족할수록 써야 할 일이 많이 생기고, 먹을 것이 부족할수록 더 많이 먹고 싶다.

인생길은 가도 가도 새로운 길이고, 배워도 배워도 끝이 없는 길이다. 인간은 남에게 상처를 주기도 하고 받기도 한다. 흔한 물건은 소홀히 대하는 것이 인간의 속성이고, 희귀한 물건은 소유하기를 원하는 것이 인간의 속성이다.

애호박이 영글수록 덩굴 속으로 숨기듯, 사람은 성숙할수록 겸손하다. 미운 사람도 친해지면 다른 친한 사람보다 더 친할 수 있고, 고운 사람도 미워하면 다른 미운 사람보다 더 미울 수 있다.

신은 인간을 단련시킬 때, 때로는 당근으로 때로는 채찍으로 다스린다. 별이 멀리 있어서 아름다운 것처럼, 인간도 멀리 떨어져 있어야 서로를 그리워하게 된다.

인간의 얼굴은 그 사람이 살아온 역사책이고, 그 사람의 언행은 그 사람의 마음을 들여다볼 수 있는 거울이다. 앞날을 생각하지 않는 자는 지난날도 생각하지 않는다. 상대를 적당히 알아야 사귀고 싶은 마음이 생긴다. 상대를 너무 깊이 알면, 사귀고 싶은 마음이 없어진다.

많이 안다고 자만하는 사람의 이면에는 모르는 것이 더 많고, 모른다고 겸손해하는 사람의 이면에는 아는 것이 더 많다. 어려서는 어른을 부러워하며 살고, 늙어서는 젊은이를 부러워하며 산다.

가까이할수록 도움을 주는 사람이 있고, 가까이할수록 도움을 받으려는 사람이 있다. 남편이 아내를 바보로 만들면 바보 남편이 되고, 아내가 남편을 바보로 만들면 바보 아내가 된다.

인간은 내가 하는 일이 옳고, 내가 아는 것이 진리라고 생각한다. 사람은 목표 의식이 확실하면, 생각하는 바를 반드시 이룩하게 된다. 내 생각이 중요하면 남의 생각도 중요하고, 내 인생이 중요하면 남의 인생도 중요하다.

인간은 노력의 결과로 평가된다. 인간은 세상을 살기 좋은 곳으로 만들지만, 때에 따라 세상을 살기 힘든 곳으로 만든다. 협조를 잘하는 자는 말이 없지만, 비협조적인 자는 말이 많다. 사랑은 사랑을 낳고, 신뢰는 신뢰를 낳고, 불신은 불신을 낳고, 미움은 미움을 낳는다.

모두가 잘되기를 바라는 자는 남에게 도움을 주기를 좋아하고, 혼자만 잘되기를 바라는 자는 남에게 도움받기를 좋아한다. 어떤 고통도 감수할 수 있다면 어떤 것도 이룩할 수 있지만, 어떤 고통도 감수할 수 없다면 어떤 것도 이룩할 수 없다. 남이 힘들어할 때 돕는 것이 진정한 도움이고, 내가 갖고 싶을 때 남에게 양보하는 것이 진정한 양보다.

하루하루를 열심히 살고 한해 한해를 보람 있게 살아도, 사람은 허망함을 느낀다. 선남선녀가 부부로 살아도 세월이 지나면 서로의 단점과 약점이 드러날 수밖에 없다. 사람들이 어떤 일에 대하여 그렇게 생각하면 그럴만한 이유가 있고, 사람들이 그렇게 살면 그렇게 사는 이유가 있다.

길사와 흉사를 치르게 되면, 자신에 대한 주위 사람의 마음을 알 수 있다. 과거에 너무 집착하면 미래로 나아가는 일에 장애가 되어 나아갈 수 없다. 남의 말을 너무 믿지 않는 것도 문제지만,

남의 말을 너무 믿는 것도 문제다. 친절한 이웃 사람을 두고 있으면 온 동네가 밝은 분위기로 변하고, 봉사하는 이웃 사람이 있으면 동네 전체가 깨끗하다.

승리가 바로 눈앞에 보일 때는 사슴을 잡는 사자의 위세가 되고, 실패가 눈앞에 보일 때는 사자에 쫓기는 토끼의 형국이 된다. 인간에게 슬픔이 있는 것은 기쁨이 있었기 때문이고, 죽음이 있는 것은 출생이 있었기 때문이다. 다른 사람 때문에 내가 피해를 볼 때가 있고, 나 때문에 남이 피해를 볼 때가 있다.

인간은 위급하면 하나님께 매달리지만, 일이 안정되면 하나님을 잊고 산다. 충격을 받으면 낙심이 되어 울고, 그것을 교훈 삼아 성공하면 기쁨에 벅차 또 한 번 울게 된다. 인정을 베푸는 사람은 한 사람에게만 집중하지 않는다.

없어 봐야 있을 때의 고마움을 알고, 아파 봐야 건강할 때의 고마움을 안다.

해결책이 가까이 있지만, 사람들은 그 답을 먼 곳에서 찾으려고 한다. 서민의 고충은 서민이 알고, 사업가의 고충은 사업가가 안다. 가까운 사람이 인정해 줄 때 가장 기쁘고, 가까운 사람이 무시할 때 가장 비참함을 느끼게 된다.

인간이 하는 일에는 정성을 들인 만큼 결과로 나타난다. 사람이라도 동물 이하의 구실을 하면 동물 이하의 대접을 받게 되고, 동물이라도 사람 이상의 구실을 하면 사람 이상의 대접을 받는다. 큰 이득이 되는 일에는 그 일과는 전혀 관련 없는 자까지 끼어들고, 일이 잘못되어 책임져야 하는 일에는 발뺌하는 데 급급하다. 젊어서는 용기로 살고, 늙어서는 지혜로 산다.

남에게 선물할 때는 상대방의 격에 맞는 것을 선택해야 하며, 정성이 담긴 선물이 아니면 주고도 좋은 말을 들을 수 없다. 굶주림에 시달리는 자의 눈에는 돌덩이도 빵으로 보이고, 가난의 절박함에 처한 자의 눈에는 바람에 구르는 낙엽도 지폐로 보인다.

지혜로운 가족은 가장이 어려울 때 위로하고 격려하지만, 어리석은 가족은 가장이 어려울 때 궁지로 몬다. 정직과 신뢰를 기본 정신으로 하는 사업은 성공하지만, 속임수와 거짓을 일삼는 사업은 망하게 된다. 인생길은 나그넷길과 같다. 길을 가다 보면 나그네를 즐겁게 하는 길도 힘들게 하는 길도 있다. 선을 행하는 자에게 다가가면 봄바람이 불지만, 악을 행하는 자에게는 겨울바람이 분다.

목적의식이 없는 자의 인생은 시간을 아깝게 생각하지 않지만, 열정으로 사는 자의 인생은 5분도 소중한 시간이다. 아무리 잘하는 일에도 흠을 잡으려고 하면 흠이 있고, 아무리 못 하는 일에도 칭찬하려고 하면 칭찬할 이유가 있다. 일하기를 좋아하는 사람은 일거리를 만들어서 일하지만, 일하기 싫은 사람은 하는 일도 남에게 떠넘긴다.

인생살이가 힘들면 숲속의 새소리도 서글프게 들리고, 시냇가의 물소리도 기운 없이 들리고, 나뭇가지를 스쳐 가는 바람 소리도 처량하게 들린다. 상대방이 참기 어려운 여건에서 참아줄 때 감사하고, 이해하기 어려운 여건에서 이해해 줄 때 감사하고, 믿어주기 어려운 여건에서 믿어줄 때 감사한다. 거짓된 말은 달콤함이 가득하여 현혹되기 쉽고, 진실한 말에는 무미건조하여 흥미를 잃게 된다.

생존경쟁에서는 내가 강하면 상대의 기가 죽고, 상대가 강하면 나의 기가 죽는다. 내 뜻대로 살면 상대가 힘들고, 상대의 뜻대로 살면 내가 힘들다. 인간은 고통과 시련을 겪으면서 성숙하고, 식물은 바람과 눈비를 맞으면서 강해진다.

진실한 사람 간의 좋은 관계는 세상을 살아가는 큰 힘이 된다.

내가 할 수 있는 일은 하찮은 일이지만, 우리가 할 수 있는 일은 위대한 일이다. 사람에게 인간다운 좋은 면이 있으면, 형님 동생으로 모시겠다는 사람이 생긴다. 어제 보았던 친구를 오늘 다시 볼 수 있는 것은 고마운 일이고, 어제 보았던 태양을 오늘 다시 볼 수 있는 것은 감사한 일이다.

돈이 많으면 방탕하기 쉽고, 높은 자리에 앉게 되면 교만하기 쉽고, 잘하는 것이 많으면 자랑하기 쉽다. 신은 인간에게 시간을 공평하게 주었지만, 인간이 그것을 어떻게 관리했느냐에 따라 결과가 달라진다. 작년에는 작년에 맞는 삶이 있었고, 내년에는 내년에 맞는 삶이 있다.

가슴이 따스한 사람은 남의 언 가슴을 녹이고, 가슴이 차가운 사람은 남의 멀쩡한 가슴까지 얼게 한다. 내가 배부른 만큼 누군가 배고픈 사람이 있음을 생각하며 살아야 한다.

삶은 살아갈수록 처신이 어려운 것이기에 신중해야 한다. 인간은 자신의 필요 때문에 생각하고 행동하는 동물이다. 사람은 모험한 만큼 자신도 모르게 인생의 폭이 넓어진다. 준비된 부하만이 상급자가 될 수 있다. 사람들은 오늘은 힘들지만, 내일은 더 좋은 세상이 올 것이라는 희망으로 살아간다.

과거를 교훈으로 삼지 않으면, 또다시 잘못된 일을 되풀이하게 된다. 베풀되 보답이나 대가를 바라지 않는 것이 가족 간의 사랑이다. 인간의 한계를 뛰어넘는 것이 믿음의 힘이다. 약육강식의 세상에서 이쪽의 나약함이 저쪽의 공격을 불러들인다.

　똑같은 표현이라도 억양의 높낮이에 따라 받아들이는 느낌이 다르다. 작은 사랑은 큰 사랑에 묻히고, 작은 고통은 큰 고통에 묻힌다. 미운 면이 있어도 사랑으로 감싸면 사랑이 되고, 고운 면이 있어도 미움으로 덮으면 미움이 된다.

　타향에 사는 자식은 힘들 때만 고향 집 어머니를 생각하지만, 고향 집 어머니는 객지의 자식을 자나 깨나 걱정한다. 마음에 따라 흔한 것도 귀한 것이 되고, 귀한 것도 하찮은 것이 된다. 가장의 힘은 가족에서 나오고, 가족의 힘은 가장에서 비롯된다.

　인생길이란 때로는 오래 머물고 싶지만 떠나야 할 때 떠나야 한다. 직급이 낮으면 상사에게 억울한 말을 들을 때가 있고, 직급이 높으면 부하 직원에게 억울한 말을 할 때가 있다. 관심 있게 살펴보면 지름길이 보이지만, 무관심하면 멀리 돌아갈 길만 보인다.

말은 나를 망하게도 하고, 남을 망하게도 한다. 준비된 자의 마음은 항상 여유 있고 조용하지만, 준비 없는 자의 마음은 항상 초조하고 쫓기며 산다. 진심과 배려는 인간관계를 오래 지속시켜 준다. 사람 사이에 물질이 오고 가면 친밀감을 높여 준다.

무식한 자의 말은 논리가 맞지 않아 알아듣기 힘들고, 유식한 자는 어려운 말만 하여 알아듣기 힘들다. 당당한 사람은 자신의 신분을 밝히면서 살지만, 그릇된 인생을 사는 사람은 자신을 숨기며 산다. 선한 사람은 하는 일마다 남을 이롭게 하지만, 악한 사람은 하는 일마다 남을 해롭게 한다. 내가 잘되면 사람들이 없던 일도 만들어서 영웅으로 만들고, 내가 실패하면 없던 일도 지어내어 나를 곤혹스럽게 만든다.

인간미가 있는 사람은 상대가 궁지에 몰리지 않도록 노력하지만, 인간미가 없는 사람은 상대가 궁지에 몰리면 그를 더 깊은 수렁으로 몰아간다. 인간의 세계에는 영원한 승자도 영원한 패자도 없다. 미모를 지닌 사람보다는 미소가 아름다운 사람이 더 돋보이고, 미소가 아름다운 사람보다 이해심이 많은 사람이 더 돋보인다. 인정을 베풀면 사람이 모여들고, 사람이 모이면 새로운 정보를 얻을 수 있다.

사람다운 사람은 존경을 받고, 어여쁜 꽃은 사랑을 받는다. 고군분투하는 자에게는 돕는 자가 나타나고, 열정으로 사는 자에게는 조언자가 나타난다. 가다가 아니 가면 아니 감만 못하듯이, 사람을 도와주다가 중단하면 안 도와준 것보다 못하다.

술맛을 모르는 자에는 술의 쓴맛만 기억되고, 인생의 맛을 모르는 자에는 인생의 고통만 기억한다. 남편과 아내의 인연은 하늘이 내린 인연이고, 형제 자매간의 인연은 조상이 내린 인연이다. 진심은 만 가지 일의 바탕이 되고, 성실은 만 가지 일의 기둥이 된다.

사람은 과거는 아름답고, 현재는 힘들다는 착각 속에 산다. 사람은 멀리 두고 사귀어야 허물을 적게 보게 되어 관계가 오래 유지되고, 연장은 가까이 두고 사용해야 편리하다. 동물은 사나움의 정도에 따라 울타리의 종류와 높이가 달라진다. 있는 것은 당연하게 여기지만, 있던 것이 없어지면 불편함을 느낀다.

물이 순리대로 흘러가면 물소리가 조용하듯이, 일을 순리대로 처리하면 잡음이 나지 않는다. 인간은 잡은 고기 열 마리에 만족하지 않고, 놓친 고기 한 마리를 아쉬워한다. 남을 이롭게 하면 그것이 돌아서 내 이익으로 돌아오고, 남에게 손해를 끼치면 그것이 나의 손해로 돌아온다. 이론을 너무 앞세우는 것은 바람직하지 않다. 이론은 가끔 실제와 다르기 때문이다.

인생은 강한 자에 의해 결정권이 이루어지고, 역사는 평범한 사람보다는 강한 자의 이름을 기억한다. 뜻밖의 사람에게 도움을 받으면 두고두고 감사하게 되고, 믿었던 절친한 사람에게 배신을 당하면 두고두고 상처가 된다. 못난 남자는 자기보다 유능한 자를 시기하고, 못난 여자는 자기보다 예쁜 여자를 시기한다.

남의 허물을 덮어주는 자의 눈에는 남의 큰 잘못도 작게 보이고, 남을 흠집 내는 자의 눈에는 남의 작은 잘못도 크게 보인다. 자신은 사려 깊지 않아도 아내는 사려 깊은 아내이기를 바라고, 아내 자신은 너그럽지 않아도 남편은 너그러운 남편이기를 바란다. 돈에 대한 욕심이 과하면 돈보다 더 귀중한 것을 잃게 되고, 편안함을 너무 취하면 편안함보다 더 귀중한 것을 잃게 되고, 자존심을 너무 세우면 자존심보다 더 귀중한 것을 잃게 된다.

하고 싶은 일은 힘들어도 즐겁고, 하기 싫은 일은 쉬워도 괴로운 법이다. 남이 절박하여 나의 도움이 필요할 때 돕게 되면, 내가 절박할 때 남의 도움을 받는다. 그 사람의 말을 통해 그 사람의 지식을 판단할 수 있고, 그 사람의 얼굴을 통해 그 사람의 마음을 알 수 있다.

칭찬은 상대의 훌륭한 점을 인정하는 언어적 표현이다. 상대방을 좋아할 때는 상대방의 장점 때문에 좋아하고, 상대방을 미워할 때는 상대방의 단점 때문에 미워한다. 말과 행동을 곱게 하는 자는 팔자도 곱게 풀리고, 말과 행동을 거칠게 하는 자는 팔자도 거칠게 풀린다. 잘할 때 칭찬하는 것은 누구나 할 수 있고, 못할 때 비판하는 것은 누구나 할 수 있으나, 못할 때 용기를 주는 말은 아무나 할 수 없다.

일이 잘 풀릴 때는 거짓말같이 일이 순조롭고, 일이 꼬일 때는 거짓말같이 일이 꼬인다. 알면서 사는 것은 눈을 뜨고 길을 가는 것과 같고, 모르면서 사는 것은 눈을 감고 길을 가는 것과 같다. 물과 원한 관계가 있어도 물을 안 쓰고는 살 수 없고, 불과 원한 관계가 있어도 불이 없이는 살 수 없다.

도전은 생존에 있어서 창이 될 수 있고, 지식은 생존에 있어서 방패가 될 수 있다. 인간은 희망으로 고통을 이겨내며 살아가고, 식물은 인내로 가뭄과 추위를 이기며 살아간다. 하기 싫어도 해야 할 일이 있고, 하고 싶어도 참아야 할 일이 있다.

한 사람의 인생이 끝이 나도, 그 사람의 이미지는 끝나지 않는다. 인간은 희망을 찾아서, 동물은 먹이를 찾아서 살아간다. 정직하고 착한 자가 남에게 잘 속아 넘어가는 이유는 다른 사람도 자신처럼 정직하고 착한 자로 생각하기 때문이다. 인간은 과거의 경험을 바탕으로 미래를 설계한다. 고마움은 뼈에 새기고, 서운함은 물에 새길 때 상호 간에 좋은 관계가 이룩된다.

새로운 사고는 새로운 기회를 가져오고, 새로운 선택은 새로운 운명을 가져온다. 열심히 살아도 나태하게 살아도 인생의 수레바퀴는 굴러간다. 그러나 결과는 보석과 돌만큼 차이가 있다. 남의 인격을 무시하는 사람은 남이 자신을 무시하는 것을 좌시하지 않는다. 지금 행동을 잘하면 과거의 잘못도 묻히지만, 지금 행동을 잘못하면 과거의 잘한 일도 허물로 남는다.

지나친 친절과 화려함 속에는 가식이 숨어 있을 수 있다. 서로 돕고 살아가면 서로에게 이롭지만, 싸우면서 살아가면 상처만 남는다. 사람을 궁지로 몰면 반격을 받게 되고, 사나운 동물을 궁지로 몰면 사람을 물게 된다. 칼을 가진 강도보다는 칼을 숨긴 강도가 더 무섭고, 보이는 적보다는 보이지 않는 적이 더 무섭다.

죽음을 앞둔 자에게는 그의 모든 잘못이 용서되고, 죽음의 문턱을 다녀온 자는 다른 사람의 모든 잘못이 용서된다. 말과 행동을 잘못하여 손해 보는 자는 남에게도 피해를 주고, 말과 행동을 잘해서 득을 보는 자는 남에게도 이로움을 준다.

상황이 어려울수록 흔들리지 말고 본심으로 돌아가서 정직하고 진실하게 살아야 한다. 그리하면 힘든 상황을 좀 더 빨리 벗어날 수 있다. 사람은 경험에서 자신감을 얻고, 시련을 통하여 거듭날 수 있다. 진정성이 없이 말하는 자는 말에 성의가 없고, 진정성이 없이 일하는 자는 일에 대한 열정이 없다.

일을 핑계 대고 회피하면 가난을 면하기 어렵고, 배움을 등한시 하면 무식을 피하기 어렵고, 청결을 신경 쓰지 않으면 질병을 면하기 어렵다. 가리는 반찬이 많을수록 먹을 반찬이 적고, 가리는 사람이 많을수록 사귈 사람이 적고, 가리는 날짜가 많을수록 마땅한 날짜가 없고, 가리는 장소가 많을수록 정착할 곳이 없다.

의욕이 있는 사람은 남에게 비난을 받아도 일을 추진하고, 의욕이 없는 사람은 남에게 비난을 받으면 일을 진행하지 않는다. 남을 힘들게 하던 자는 죽을 때 남에게 비난받으며 죽게 되고, 남을 무시하며 살던 자는 죽을 때 남에게 외면을 받으며 죽는다.

오늘 나의 정신자세는 미래의 모습이 되고, 오늘 나의 행동은 미래의 현실이 된다. 한 가지 일에 대해 두 가지 말을 하며 살아가는 자는 양날의 칼을 휘두르는 자보다 더 위험한 자다. 모든 사람에게 배우려고 하면 배울 것이 있고, 모든 사람을 도우려고 하면 도울 것이 있다.

처음 만났을 때의 관계보다 헤어질 때의 관계가 더 중요하다. 낯선 사람의 비난보다 낯익은 사람의 비난이 더욱 가슴 아프다. 행동하는 자는 얻을 수 있고, 도전하는 자는 성취한다. 높은 자리일수록 노리는 자가 많고, 좋은 자리일수록 탐내는 자가 많다. 더 큰 것을 이룩하기 위하여 양보할 줄 알아야 한다.

편식을 즐기면 건강을 해치고, 편한 일을 좋아하면 인생을 망친다. 확고한 주관이 없이 인생을 살면 내가 없는 남의 인생이 된다. 쉽게 여긴 일에서 패배를 당하고, 설마 하던 일에서 낭패를 당한다. 술통을 지고 가는 자를 도와주면 술이 생기고, 떡 짐을 지고 가는 자를 도와주면 떡이 생긴다.

적선하고 살면 인생이 잘 풀리고, 남의 것을 탐내고 빼앗으면 인생이 꼬인다. 사랑할 줄 아는 자만이 사랑받을 줄 알고, 사랑받을 줄 아는 자만이 사랑할 줄도 안다.

무엇인가를 생각했거든 바로 행동하자. 시간이 지나면 인간의 마음은 변하기 때문에 그 일을 할 수 없다. 혼자서 일을 할 때는 보지 못하던 것도 남과 같이하면 볼 수 있고, 혼자서 일을 할 때는 이루지 못하던 것도 여럿이 하면 이룰 수 있다. 선비의 말은 앞뒤가 틀리면 큰 흉이 되지만, 몸종이 하는 말은 앞뒤가 틀려도 큰 흉이 되지 않는다. 선을 행하는 자는 선을 통하여 길을 열고, 악을 행하는 자는 악을 통하여 길을 연다.

부모의 땀을 소중히 여기는 자는 헛된 인생을 살지 않으며, 존재의 이유를 알고 있는 자는 실망스러운 일을 하지 않는다. 인정받는 것은 자신감을 얻는 중요한 발판이 되고, 칭찬받는 것은 노력하게 되는 동력이 된다. 한 사람의 양심이 여러 사람의 마음을 기쁘게 하고, 한 사람의 욕심이 여러 사람의 마음을 슬프게 한다.

출세한 사람의 집에는 찾아오는 손님도 예의를 갖춘다. 많은 재산을 가진 자는 많은 덕을 베풀어야 재산을 오래 유지할 수 있듯이, 높은 자리에 오른 자는 많은 덕을 베풀어야 자리를 오래 유지한다. 소수의 사람을 생각하다 보면 다수의 사람이 손해될 때가 있고, 다수의 사람을 생각하다 보면 소수의 사람이 손해될 때가 있다. 자신의 마음으로 자신의 얼굴을 만들어 가고, 자신의 행동으로 자신의 인생을 만들어 간다.

능력 없는 자가 앞장을 서면 뒷사람이 불안하고, 능력 있는 자가 앞장을 서면 뒷사람이 안심하게 된다. 내가 주변 사람을 보살

펴 줄 때 다른 사람도 나를 도와주고, 내가 남들을 축복할 때 남들도 나를 축복한다. 함께 살고자 하는 자에게는 지지하는 사람이 있고, 혼자만 살고자 하는 자에게는 마음 주는 자가 없다.

좋은 말을 하려고 하면 거북한 말이 걸러지고, 겸손한 말을 하려고 하면 거친 말이 걸러진다. 단체로 하는 일은 마음이 맞지 않아서 일을 못 하는 것이지, 힘이 들어서 못 하는 것이 아니다.

결혼을 하려거든 상대에 대하여 5년을 살펴본 후에 결혼하고, 친구로 삼으려면 3년을 사귄 후 친구로 삼고, 동업자로 하려거든 10년을 겪은 후 동업자로 삼아라. 가장 어려울 때 힘이 되는 사람이 고마운 사람이고, 가장 어려울 때 함께한 사람이 의리 있는 사람이다.

일이 너무 안 풀려 괴로울 때가 있고, 너무 잘 풀려 걱정이 될 때가 있다. 자신은 잘못이 없다고 하면서 남을 비난하는 자도 남의 비난을 받으며 살아가야 할 때가 있다. 양지가 음지가 되듯이, 남을 도우며 사는 사람도 남의 도움을 받을 때가 있다. 어떤 사람의 말이 진실이지만 사람들은 믿으려고 하지 않고, 어떤 사람의 말이 거짓이지만 사람들은 그것을 믿으려고 한다.

인간은 자신의 복을 자신이 만든다. 사람 사는 집에는 어린아이와 먹을 것이 많아야 훈기가 넘친다. 자신의 능력이 못 미치면 실수가 잦고, 정성이 부족하면 일이 거칠다. 진실한 자의 말과 행동은 변함이 없지만, 진실하지 못한 자의 말과 행동은 상황에 따라 다르다.

인간은 자신의 부족함에도 자신보다 능력 있는 사람을 존경하지 않는 교만함으로 살아가는 존재다. 인간은 유불리의 선택에 집착하며 살고, 옳고 그름의 논리에 빠져 고민하며 살아간다. 내가 보아 마음에 걸리면 남의 마음에도 걸리고, 내가 보아 아름다운 꽃은 남이 보아도 아름답다.

시련과 고통의 늪에 빠진 자는 희망과 격려의 말로 위로하고, 추위와 굶주림으로 고생하는 자는 물질로 구해야 한다. 사람은 자신이 아는 만큼 세상을 보고, 역량을 가진 만큼 그에 걸맞은 행동을 한다. 양보는 상대를 이해하기 때문이고, 진심은 상대를 신뢰하기 때문이다.

인간관계는 상대의 좋은 점을 보아야 관계가 유지되고, 웃기 싫어도 웃어야 분위기를 즐겁게 이끌어 갈 수 있다. 인간은 기회를 놓친 후에, 건강을 잃은 후에, 불효자가 된 후에, 버림을 받은 후에 후회한다.

인간은 죄가 죄인 줄 모르면서 죄를 짓기도 하지만, 죄인 줄 알면서도 죄를 짓는다. 남에게 칭찬을 아끼지 않으면 나에 대한 비난이 줄고, 내 자랑을 하게 되면 나에 대한 비난이 늘어난다. 아름다운 인연은 또 다른 아름다운 인연을 낳고, 악연은 또 다른 악연을 낳는다.

열심히 사는 자에게는 도와주는 자가 많지만, 게으른 자에게는 도와주는 자가 없다. 어차피 해야 할 일은 즐거운 마음으로 하는 것이 좋다. 친구를 잘 돌보아 주지 않으면, 세월 지나 그로부터 도움을 받을 때 후회하게 된다. 인간은 가까이 접하고 있는 행복에는 감사함이 없고, 먼 곳에 있는 행복을 그리워하며 산다.

현명한 사람일수록 자신의 잘못을 인정하며 살고, 미련한 사람일수록 자신의 잘못을 인정하지 않으며 산다. 열심히 사는 사람은 시련과 고통을 각오하며 살아가고, 안일하게 사는 사람은 시련과 고통을 피하며 산다. 생각을 바꾸면 절망이 희망이 되고, 슬픔이 즐거움이 된다. 인간이 처한 절박함은 새로운 계기를 제공한다.

남에게 모진 말을 하면 나에게 나쁜 일이 일어나고, 부드러운 말을 하면 좋은 일이 일어난다. 사람은 형편이 어려울수록 양적인 것을 우선하지만, 형편이 좋을수록 질적인 것을 우선한다. 인사를 포기하는 것은 관계를 포기하는 일이며, 신뢰를 포기하는 것은 인간관계를 포기하는 것이다.

인간에게 가장 불공평한 것은 인간의 수명이고, 인간에게 가장 공평한 것은 인간에게 주어진 시간이다. 자신을 망하게 하는 세 가지의 마음은 자기 자신을 불신하는 마음과 새로운 것을 배우려고 하지 않는 마음과, 받은 은혜를 갚으려고 하지 않는 마음이다.

인간의 일에는 칭찬보다 비난이 더 많이 따른다. 사람은 인연 따라 만났다가 인연 따라 헤어진다. 과거는 보람되기보다는 후회되는 일이 많고, 다가올 미래는 자신감보다 걱정이 앞선다.

하늘은 인간의 양심을 보고 돕고, 땅은 인간의 흘린 땀을 보며 열매를 맺게 해준다. 너그러운 사람이 되어야 존경하는 사람이 있고, 희생하고 책임지는 사람이 되어야 따르는 사람이 있다. 삶이란 세상 사람과 어려움과 즐거움을 나누며 살아가는 과정이다.

현재의 선택으로 나의 미래가 결정된다. 사람은 사랑과 격려와 성원을 먹고 살아간다. 사람 사이가 소원해지면 정이 멀어지게 되고, 만남이 잦으면 정이 깊어지게 된다. 인간의 일은 눈에 보이는 영향력과 눈에 보이지 않는 영향력의 산물이다.

세상 사는 이치를 알고 살아가는 자는 갑(甲)으로 살지만, 모르고 살아가는 자는 을(乙)로 살아야 한다. 생각한 후 일하는 자는 100%의 결과를 거두고, 행동을 먼저 하는 자는 150%의 결과를 거두고, 생각하면서 행동하는 자는 200%의 결과를 얻는다. 명성이 높을수록 시기와 질투를 많이 받고, 높은 지위에 오를수록 외로움이 따른다. 자신과 삶이 다른 남을 욕하는 것은 삶이 다른 남이 나를 욕하는 것과 같다. 젊을 때는 혈기가 넘쳐서 문제가 되고, 노년에는 혈기가 부족해서 문제가 된다.

인간관계는 처음의 이미지가 중요하고, 사업에는 초기 시장 구축이 중요하다. 신제품은 너무 일찍 출시해도, 너무 늦게 출시해도 성공의 기회를 잡지 못한다. 인생도 일도 큰 고비를 슬기롭게 넘겨야 순탄하게 풀린다. 젊은이는 세월이 느리게 간다고 생각하지만, 노인은 빨리 간다고 생각한다. 젊어서는 누군가를 그리워하며 살고, 나이가 들면 누군가에게 그리운 자로 남기를 원한다.

인간은 어디서 무엇을 어떻게 하느냐에 따라서 존경받기도 하고 멸시받기도 한다. 사람은 나이를 먹을수록 후회와 눈물이 많다. 인간에게는 기억하고 싶은 일이 있는 반면에, 기억하고 싶지 않은 일도 있다.

사람은 현재 상황이 불안할수록 미래의 상황을 궁금해한다. 싸우는 순간에도 시간은 흐른다. 인생은 싸우면서 살기에는 너무 짧다는 사실을 알아야 한다. 실수는 순간적인 일이지만, 원망과 후회는 오래간다.

무식한 집안에서 자란 사람은 무식한 행동이 나오고, 교양 있는 집안에서 자란 사람은 교양 있는 행동이 나온다. 젊어서는 호기심과 도전 정신도 강하지만, 늙으면 호기심과 도전 정신이 약화 된다. 젊어서 저지른 실수는 허물로 남지 않지만, 노년의 실수는 허물로 남게 된다. 인간은 보이는 세상과 보이지 않는 세상이 있음을 생각하며 살아야 한다.

절박한 상황에 직면한 사람은 그냥 자포자기하여 멈출 것인지 아니면 마음을 단단히 먹고 앞으로 나아가느냐를 선택해야한다. 상황을 극복하여 나아가는 사람은 목적한 바를 달성한다.

13_ 일

꼬인 실타래를 푸는 방법

무리하게 일을 추진하면 한쪽은 너무 많이 얻고, 다른 한쪽은 너무 많이 잃는다. 능력 있는 자와 능력 없는 자는 일하는 방법부터 다르다. 음식은 먹고 싶을 때 먹어야 만족할 수 있고, 일은 하고 싶을 때 일을 해야 능률을 높일 수 있다. 공사 현장에서 일하는 사람을 지나치게 독촉하면 부실 공사를 할 수밖에 없다.

준비하는 일이 일의 절반을 차지하고, 마무리하는 일이 일의 절반을 차지한다. 일하는 즐거움을 모르는 사람은 노는 즐거움도 모르는 사람이다. 일을 열심히 하는 자는 일에만 열심이지만, 일을 소홀히 하는 자는 보수부터 생각한다. 봄에 한 포기의 잡초를 뽑으면, 다음 해에 백 포기의 잡초를 뽑는 수고를 덜어준다.

인간의 일에는 언제나 실수가 따르므로, 인간은 완벽을 위해 노력해야 한다.

작은 일에는 약간의 비난과 질투가 따르고, 큰일에는 많은 비난과 질투가 따르기 마련이다. 농사일은 하는 일에 따라 호미로, 삽으로, 트랙터로 해야 할 일이 따로 있다.

내 위주로 살면, 주변 사람들이 힘들어한다. 자기 입장으로 모든 것을 판단하고 결정하며 이해관계를 결부시키는 사람으로 인하여 세상이 시끄러운 법이다. 당겨보아도 안 되면 밀어보라. 우로 밀어도 안 되면 좌로 밀어보라.

재판이나 싸움을 하고 나면, 정신적 상처와 물질적 손실밖에 없다. 끌고 가는 것이 끌려가는 것보다는 낫고, 도움을 주는 것이 도움을 받는 것보다는 좋다. 적은 돈을 아끼려다가 큰돈을 쓰게 되고, 몇 명의 손님을 소홀히 하다가 많은 손님을 놓친다.

식사 중에 맛있는 반찬을 자기 앞으로 옮겨놓는 사람에게는 공적인 큰일을 맡겨서는 안 된다. 일이 꼬일수록 자신을 침착하게 다스리자. 시간이 지나면 화는 가라앉고 일도 풀리게 되는 법이다.

일은 원하는 사람에게 맡겨야 성과를 낼 수 있다. 좋은 습관 하나는 수백 가지 일에 생산적인 결과로 이어지고, 나쁜 습관 하나는 수백 가지 일에 비생산적인 결과로 이어진다. 이해타산을 중시하는 사람에게는 자신이 계산한 결과만 주어지지만, 이해타산을 따지지 않는 자에게는 덤으로 주어지는 결과가 있다.

근본이 잘못된 직장동료는 일을 잘하는 동료의 발목을 잡고, 궁지에 몰린 동료를 더 힘들게 만든다. 튼튼한 축대를 쌓기 위해서는 큰 돌만으로도 안 되고 작은 돌만으로도 안 된다.

말을 무심코 뱉는 자는 다른 사람을 상처받게 만든다. 남을 칭찬하면 남도 나를 칭찬하게 되고, 남을 존경하면 남도 나를 존경하게 된다. 남을 생각하며 운전하는 자는 사고를 예방할 수 있지만, 자신만을 생각하며 운전하는 자는 사고가 잦다.

한순간에 강한 자보다 끈질긴 자가 이기고, 똑똑한 자보다 부지런한 자가 이긴다. 사람을 잘못 채용하면 해고하기 힘들고, 나무의 종자를 잘못 선택하면 심을 때 고생하고 캐내는 데 고생한다. 과일은 엷은 부분의 껍질부터 벗기듯이, 일할 때는 쉬운 것부터 시작하는 것이 일의 순서다.

일이 잘 풀린다는 것은 일이 꼬일 때가 온다는 뜻이고, 일이 잘 안 풀린다는 것은 일이 풀릴 때가 온다는 뜻이다. 사소한 일을 먼저 해결하지 않으면, 큰일이 생길 때 해결하기가 힘들다.

일이 즐거우면 인생이 즐겁고, 일이 괴로우면 인생도 괴롭다. 재미있는 글을 읽으면 졸지 않게 되듯이, 긍정적으로 일을 하면 삶이 즐겁다. 일의 즐거움을 아는 자는 휴식의 즐거움도 잘 안다. 일거리가 없어 일꾼을 내보내고 나면 일거리가 생기고, 연장을 버리고 나면 그것이 필요할 경우가 있다.

칭찬은 여러 사람이 보는 앞에서, 질타는 단둘이만 있는 곳에서 해야 한다. 현명한 창업자는 능력과 자질이 부족한 자녀에게 회사를 맡기지 않는다. 승자가 즐겨 쓰는 말은 '한 번 더 해보자'이고, 패자가 즐겨 쓰는 말은 '해봤자 별수 없다'이다.

인간은 하기 싫은 일을 하면서 새로운 것을 얻고, 하고 싶은 일을 하면서 새로운 경험을 얻는다. 망치를 든 목수는 망치로 일을 해결하려고 하고, 톱을 든 목수는 톱으로 일을 해결하려고 한다. 일에 몰두하지 않고는 일이 주는 성취감을 모르고, 사랑에 빠지지 않고는 사랑의 기쁨을 모른다.

꼬인 실타래는 마지막으로 감긴 곳에서 풀어야 하고, 싸움은 시발점에서부터 풀어야 한다. 가진 자와 가지지 못한 자의 일에는 가진 자가 먼저 문제를 풀어야 하고, 어른과 어린이 사이에는 어른이 먼저 문제를 풀어야 하고, 강자와 약자의 일에는 강자가 먼저 문제를 풀어야 한다.

초보자는 실수로 경험을 쌓고, 숙달된 자는 성과로 능력을 나타낸다. 사람은 위험한 늪에는 자신의 발을 들여놓으려고 하지 않고, 불확실한 일에는 모험을 하려고 하지 않는다.

길을 가던 나그네가 잡초가 무성한 농부의 밭을 보고는 비웃지만, 잡초가 없는 다른 농부의 밭을 보고는 칭찬을 한다. 부지런한 자는 일거리를 찾고, 게으른 자는 누울 자리를 찾는다. 일의 지름길은 순서를 지키는 것이고, 성공의 지름길은 원칙에 충실히 하는 것이다.

사람은 하고 싶은 일은 당겨서 하고, 하기 싫은 일은 후일로 미룬다. 상대하기 힘든 자를 피하면 큰일을 못 하고, 힘들고 어려운 일을 피하면 가치 있는 일을 못 한다.

일 잘하는 사람이라도 너무 설치면 눈총을 받고, 집을 잘 지키는 충견도 너무 짖으면 미움을 받는다. 일은 일할 자세가 되어야 일감이 생기고, 복은 복 받을 자세가 되어야 복이 온다.

시간 약속을 잘 지키는 사람은 어떤 일도 잘하지만, 시간 약속을 지키지 못하는 사람은 어떤 일도 잘하지 못한다. 세상 모든 일이 처음부터 완벽한 것은 없다. 어설프게 시작하여 점차 다듬어졌을 뿐이다.

일을 잘하는 사람은 일로 인하여 인정을 받고, 일을 회피하며 사는 사람은 일로 인하여 미움을 받는다. 불필요한 것을 정리하지 않으면 하고자 하는 일을 할 수 없고, 비능률적인 것을 개선하지 않으면 일의 효율성이 떨어진다. 남의 일을 열심히 하면 일할 기회가 많고, 단체 일을 열심히 하면 권한이 확대된다.

내일 문제는 오늘 문제에 따라 상황이 달라질 수 있다. 오늘 일을 내일로 미루면 꿈이 미루어지고, 내일 일을 오늘로 앞당기면 꿈을 앞당길 수 있다. 남에게 도움을 준 사람은 도울 수 있음에 대하여 감사하고, 남에게 도움을 받는 자는 도움을 받는 것에 대하여 감사해야 한다.

한발 앞서 시작하면 그만큼 일이 쉽지만, 한발 늦게 시작하면 그만큼 일이 어렵다. 내가 잘해서 남에게 이로움을 줄 때가 있고, 남이 잘해서 나에게 이로움이 될 때가 있다.

일하고자 하는 자는 빨리 날이 밝기를 바라고, 일하기 싫은 자는 빨리 날이 어둡기를 바란다. 신은 인간을 창조하고, 인간은 일을 창조하며, 일은 결과를 창조한다. 일은 처음부터 완벽하게 할수록 노력과 시간이 절약되고, 대충대충 할수록 더 큰 노력과 시간이 필요하다.

일은 능력이 미치면 재미있고 보람이 있지만, 능력이 못 미치면 힘들고 괴롭다. 그날 일을 그날로 끝내는 자는 일을 지배하며 살고, 그날 일을 다음 날로 미루는 자는 일에 끌려다니며 산다. 좋은 평판을 가진 사람은 자신의 힘이 부족할 때는 남의 도움을 받을 수 있다. 일에 소신을 갖지 못하면 불안감에 빠지고, 열정을 갖지 못하면 무력감에 빠진다.

삶의 의미를 아는 자는 일하는 것을 노는 것보다 더 즐거워하고, 삶의 의미를 모르는 자는 노는 것을 일하는 것보다 더 즐거워한다. 일은 상황이 끝나고 나서야 부족했던 점을 알게 되고, 잘못된 점을 발견하게 된다.

일이 싫은 것은 일에 감사함을 못 느끼기 때문이고, 일이 즐거운 것은 일에 감사함을 느끼기 때문이다. 상대방의 일이 모두 옳을 수 없는 것처럼, 내가 하는 일이 모두 옳을 수는 없다. 일을 시작하기 전에 그 일로 일어날 가능성을 말해주는 자는 고마운 자이고, 끝난 후에 옳고 그름을 말하는 자는 비겁한 자이다.

남이 나를 위하는 일에는 감사함을 잊지 말고, 내가 남을 위하는 일에는 겸손함을 잊지 말자. 방관자적인 관점에서 보면 일의 문제점이 보이지 않지만, 주인의식을 가지면 문제점이 보인다. 노래를 잘하는 자에게는 노래할 일이 많고, 일을 잘하는 자에게는 할 일이 많다. 부족함이 없으면 두려워할 필요가 없고, 부족함이 있으면 두려움이 앞서게 된다.

나그네를 위하여 길을 평탄하게 만들면 길을 만든 자신도 길을 편하게 이용할 때가 있고, 나그네를 위하여 나무를 심으면 나도 나무 그늘 밑에서 쉬어 갈 때가 있다. 일은 모아서 일해야 능률이 오를 때가 있고, 나누어서 일해야 능률이 오를 때가 있다.

남에게 감사한 마음을 많이 가질수록 즐거운 일이 많고, 남에게 도움을 주는 일을 많이 할수록 보람을 느낀다. 유순한 자는 유순한 방법으로 문제를 풀고, 과격한 자는 과격한 방법으로 문제를 푼다. 능력이 없으면 어떻게 일을 할지 알 수 없지만, 능력이 있으면 일하는 방법을 알 수 있다.

하고자 하는 자에게는 어떤 상황도 어떤 조건도 문제가 되지 않는다. 일은 하고자 하면 끝이 없고, 하지 않으려고 하면 할 일이 없다. 지금의 남의 일이 내일에는 나의 일이 되고, 지금의 나의 일이 내일에는 남의 일이 될 수 있다. 정말 하고 싶은 일을 했을 때 마음이 즐겁고, 정말 하기 싫은 일을 했을 때 마음이 후련하다. 나는 최선을 다할 뿐이다. 평가는 다른 사람의 몫이다.

열심히 노력하여 성과를 많이 낸 능력 있는 직원과 출퇴근 시간만 잘 지키는 직원에게 똑같은 급여를 지급하는 것은 보는 시각에 따라 평등이 될 수도 있고 불평등이 될 수도 있다.

세상에는 영원한 원칙도 영원한 법도 없다. 상황이 원칙과 법을 바꾼다. 같은 운동이지만 갑에게는 즐거움이 되고, 을에게는 고통이 된다. 리더가 앞장을 서서 솔선수범하면, 일이 일사천리로 진행된다.

연장은 손에 익은 연장이 편리하게 느껴지지만, 음식은 모처럼 만에 먹는 음식이 맛있다. 곳간을 지어 놓으면 넣을 것이 생기고, 구덩이를 파 놓으면 묻을 것이 생긴다.

14_ 자연

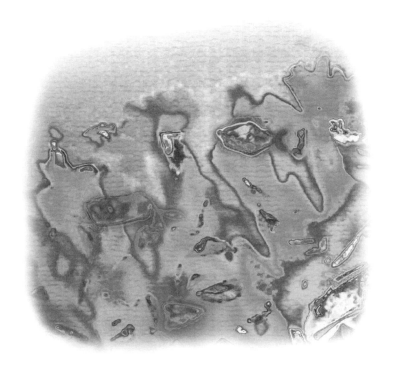

하늘은 두려움을,
땅은 자애로움을

비의 양에 따라 풍년도 들고 흉년도 든다. 봄에는 봄 날씨에 맞는 꽃이 피고, 여름에는 여름 날씨에 맞는 꽃이 피고, 가을에는 가을 날씨에 맞는 꽃이 핀다.

하늘은 인간에게 두려움을 가르치고, 땅은 인간에게 자애로움을 가르친다. 탄광 지역에서 검은 물을 보고 자란 아이는 모든 물이 검은 줄로 착각하고, 청정 지역에서 맑은 물만 보고 자란 아이는 모든 물이 맑은 줄로 안다.

새가 목이 마르면, 여름에는 물을 먹고 겨울에는 눈을 먹는다. 과일나무는 주인이 자기에게 정성을 들인 만큼 열매로 보답한다. 풀과 나무는 유연함 때문에 강풍에도 살아남는다.

자연은 인간이 손을 대지 않을 때 가장 아름답다. 생물은 자신에게 맞는 최적의 환경에서 삶의 터전을 잡는다. 유채꽃이 이른

봄에 아름다움을 뽐낼 수 있는 것은, 겨울 동안 뿌리로 영양을 충분히 섭취했기 때문이다. 비탈진 곳의 나무들은 흙을 지탱시켜 주고, 흙은 나무들을 지탱시켜 준다.

자라는 식물은 장애물을 피하며 줄기를 뻗고, 흐르는 물은 장애물을 피하며 흐른다. 논과 밭에 심은 작물은 야성의 인자가 없어서 그냥 두면 잘 자라지 않지만, 잡초는 야성의 인자가 있어서 그냥 두어도 잘 자란다. 부드럽고 비옥한 땅에서 자란 식물의 뿌리는 곱고 연하나, 척박한 땅에서 자란 식물 뿌리는 거칠고 단단하다.

동물은 환경이 좋으면 표현과 행동이 부드럽고, 환경이 열악하면 표현과 행동이 거칠어진다. 나무를 쓸모 있고 튼튼하게 자라도록 하려면, 곁가지를 적절하게 제거해야 한다. 밭에 있는 곡식은 연작을 피해야 생산성을 높일 수 있고, 무논의 벼는 물 조절을 잘해야 생산성을 높일 수 있다.

가축을 사랑하는 주인은 자신보다 가축의 먹이와 건강을 먼저 생각하고, 작물을 사랑하는 주인은 자신보다 작물의 상태와 병충해를 먼저 생각한다. 태양은 꽃을 피우는 식물에는 꽃을 피워주고, 열매 맺는 식물에는 열매를 맺게 한다.

인간은 상황이 나아질 때 희망의 꽃을 피우고, 씨앗은 습도와 온도가 적절할 때 싹을 낸다.

좋은 종자가 튼튼하고 실한 열매를 맺는다. 학생이 서점에 가면 보고 싶은 책이 보이고, 농부가 논밭에 가면 해야 할 일이 보인다. 꽃은 아름다움과 향기를 지닐 때 완전한 꽃이 된다. 나무는 가뭄과 추위를 이긴 결과에 따라 재질이 결정된다.

세상에는 나쁜 일이 좋은 일보다 더 빠르게 확산하고, 논밭의 잡초는 곡식보다 더 빠르게 성장한다. 사람과 산천은 멀리 두고 보아야 덜 실망하게 된다.

연꽃은 진흙의 연못에 뿌리를 내리며 살지라도, 깨끗하고 아름다운 꽃이 핀다.

자연스러운 것이 가장 진실하고 가장 아름답다. 인간은 식물을 통하여 땅의 기를 흡수하므로, 좋은 땅에서 나는 좋은 식물을 재료로 만든 음식을 섭취해야 건강해질 수 있다.

태풍, 홍수, 지진, 가뭄, 화산 폭발 등 자연재해로 인한 인명피해가 엄청나다. 하지만 살인, 사고, 화재, 전쟁 등 인간의 부주의와 나쁜 행동으로 많은 사람이 귀중한 생명을 잃는다.

새와 물고기는 대단한 기억력을 갖고 있다. 제비는 살던 곳의 지형지물을 완전히 익힌 후 먼 곳으로 갔다가 다음 해에 돌아온다. 연어는 태어난 물속의 환경을 기억했다가 먼 길을 다시 돌아온다.

곤충과 동물을 우습게 보면 안 된다. 그들 나름대로 환경에 잘 적응하고 있다. 어떤 면에 있어서 인간보다 기능이 더 발달 되어 있다. 쓰나미가 발생하기 전에 곤충은 미리 대피한다. 동물도 그 전조를 알고 이상한 행동을 하거나 안전한 곳으로 이동한다. 인간은 첨단 장비를 통하여 재해를 부분적으로 예견할 수 있을 뿐이다.

뭔가 지나치거나 부족하여 어색하게 보일 때 부자연스럽다고 한다. 인위적인 것은 거북하고 자연스러운 것은 사람의 마음을 편하게 하고 심리적인 안정감을 준다.

가정에서 아내가 해 주는 음식은 한 달 아니 평생을 먹어도 싫증 나지 않는다. 단맛과 짠맛과 매운맛이 덜 가미된 건강식이자 사랑과 정성이 담긴 자연식이다. 그러나 맛집이라고 소문난 식당에서 음식을 한 달 동안 계속해서 먹게 되면 그 음식에 십중팔구는 질리게 된다.

도시에서 사람들과 부대끼며 생활하다가 심신이 지친 사람들은 새소리, 물소리, 바람 소리가 있는 숲을 찾아 마음의 평화를 얻는다. 자연은 사람의 마음을 평온하게 해 준다.

　수목이 무성하고 화초가 많은 학교의 학생들이 몇 그루의 나무만 있고 건물만 번듯한 학교의 학생들에 비하여 학교 폭력이 훨씬 덜 발생한다고 한다. 자연은 인간의 정서에도 좋은 영향을 끼친다.

　수달은 물속에서, 두더지는 땅속에서, 청설모는 나무 위에서 재주를 발휘한다. 호랑이를 쫓으면 노루와 토끼는 덤으로 쫓겨 간다.

15_ 처신

오늘의 정답이 내일은 오답

처신하는 데 있어서 어려움 중 하나는 자신의 잘못을 인정하는 것이고, 다른 하나는 남의 잘못을 용서해 주는 것이다. 하찮은 것으로부터 대단함을 발견하고, 평범한 것을 특별한 것으로 끌어내는 능력은 지혜로운 사람만이 누릴 수 있는 특권이다.

바보는 자기 이외는 모두가 바보인 줄로 아는 사람이다. 자신이 소중한 사람임을 아는 자는 다른 사람도 귀한 줄 알지만, 자신이 소중한 사람임을 모르는 자는 다른 사람도 귀한 줄 모른다.

목마른 자에게는 물 한 컵이 적선이고, 배고픈 자에게는 밥 한 그릇이 적선이고, 외로운 자에게는 따뜻한 한마디의 말이 적선이고, 힘겨운 자에게는 작은 도움이 적선이다.

이유를 대지 않고 책임을 다하는 자가 인정을 받고, 궁핍 속에서 절약하는 자가 잘살게 된다. 뜻이 있는 곳에 행동이 있고, 행동이 있는 곳에 결과가 있고, 결과가 있는 곳에 기쁨이 있다.

내가 상대를 진심으로 존중하면, 상대도 나를 진심으로 존중한다. 같이 저지른 잘못의 책임을 남에게 돌리는 자는 비겁한 사람이고, 잘못의 책임을 자신에게 돌리는 자는 용기 있는 사람이다.

일시적인 금전적 손해는 만회할 기회가 있지만, 신뢰를 잃으면 만회할 기회가 없다. 베풀면 베푼 결과가 아름답고, 노력하면 노력한 결과가 아름답고, 인내하면 인내한 결과가 아름답다.

불공평한 결정은 모든 일의 불신과 불만의 원인이 된다. 잘난 척하는 사람치고 잘난 사람 없고, 말을 앞세우는 사람 치고 실천하는 사람 없다. 남을 욕하지 말자. 나도 욕을 먹을 수 있다. 남을 비웃지 말자. 나도 비웃음을 당할 수 있다. 남을 미워하지 말자. 나도 남의 미움을 받을 수 있다.

상대방에 대한 칭찬은 자신을 위한 칭찬이 되고, 상대방에 대한 저주는 자신을 향한 저주가 된다. 떠나는 사람에게는 행복을 빌어주는 사람이 되고, 뉘우치며 돌아오는 사람에게는 관용을 베푸는 사람이 되자. 내 주변에 있는 사람을 돌보지 않으면 친구가 없어 자신이 외로운 사람이 될 수 있다.

순리를 지키는 길이 성공을 앞당기고 실패를 줄이는 길이다. 실패는 다른 사람과 주변 환경 때문이 아니라 자신 때문이라고 생각해야 한다. 그러나 대부분 사람은 다른 사람이나 환경 탓으로 돌린다.

자신이 너무 편하게 살면, 주변의 사람들이 고생하게 된다. 내 밭의 잡초를 내버려 두면, 주변에 있는 다른 밭에도 피해를 준다. 자기 생각과 다르다고 하여 그것을 틀린 것으로 간주하는 것은 인간이 범하기 쉬운 실수이다. 자신의 잘못이 많은 사람일수록 남의 잘못에 대해 가혹한 비판을 한다.

입이 가벼운 자는 성공한 사람 앞에서는 칭찬하고, 실패한 사람 뒤에서는 비난한다. 올바른 사람은 남이 잘되기를 바라지만, 못된 사람은 남이 잘되는 것을 반기지 않는다. 권력이 있어도 권력을 남용하지 않고, 돈이 있어도 거만하지 않으면 세상 사람들은 그를 따르고 존경한다.

남의 인색함을 비판할 때는 나의 인색함을 먼저 생각하고, 남의 거짓말을 비판할 때는 내가 했던 거짓말을 먼저 생각하자. 옳고 그름에 너무 집착하지 말자. 시간이 지나면 오늘의 정답이 내일의 오답이 될 수 있다.

시간이 많으면 걱정과 잡념이 생기지만, 바쁘게 살면 걱정과 잡념이 생기지 않는다. 몇 시간 전에 그 사람을 욕했으나, 지금은 그 사람에게 도움을 청해야 할 처지가 나에게 생긴다. 신중한 자는 남에게 피해가 되는 일을 하지 않지만, 경솔한 자는 남에게 피해가 되는 일을 한다. 고마운 줄 모르는 사람에게 도움을 주는 것은 밑 빠진 독에 물을 붓는 것과 같다. 그릇이 큰 사람은 자신의 공을 내세우지 않는다. 흉기로 인한 상처보다 말로 인한 상처가 더 아프다.

젊은이를 대우해 주면 섬김을 받고, 노약자를 보살피면 복을 받는다. 내 집에서 귀여움을 받던 강아지는 남의 집에 가서도 귀여움을 받는다. 남을 돕게 되면 도움 받을 기회가 있지만, 남을 돕지 않으면 도움 받을 기회가 없다. 남을 배려하는 자와 남을 배려 않는 자의 결과는 하늘과 땅만큼이나 차이가 난다.

문제가 많은 자식이 부모를 원망하고, 능력이 없는 부하가 상사를 험담한다. 상대의 좋은 점만 보려고 하면 세상에서 못 사귈 사람이 없고, 상대의 나쁜 점만 보려고 하면 세상에 사귈 사람이 하나도 없다. 조직의 사기를 떨어뜨리는 자는 열심히 일하는 자의 사기마저 꺾는다.

자신의 잘못된 행위를 고치지 않는 자는 자신을 망친다. 의욕이 있는 사람은 할 수 있는 이유를 제시하고, 의욕이 없는 사람은 할 수 없는 이유를 제시한다. 남의 인격을 무시하면 내 인격도 떨어지고, 남의 인격을 존중하면 내 인격도 높아진다. 남의 허물을 덮어주면 내 허물도 덮어지고, 남의 허물을 들춰내면 내 허물도 들춰진다.

남에게 정직하고, 겸손하고, 베풀고, 존중하자. 그것은 남을 위한 것이 아니라 자신을 위한 것이다. 훌륭한 리더일수록 남의 잘못을 덮어준다. 말 한마디 잘해서 운명이 풀리고, 행동 한 번 잘못해서 운명이 꼬인다. 순간의 기쁨을 원하거든 자신만을 생각하고, 영원한 기쁨을 원하거든 남을 생각하는 것이 좋다.

여자는 부드러워야 할 때 부드러워야 하지만, 남자는 강해야 할 때 강함을 발휘해야 무시당하지 않는다. 정정당당하게 최선을 다한 패배자에게는 박수가 기다리지만, 반칙을 한 비겁한 승자에게는 야유가 기다린다. 둥근 수레바퀴가 이런 길 저런 길을 잘 굴러가듯이, 원만한 성격을 지닌 사람은 사람을 차별하지 않는다.

상대방의 듣기 싫은 말을 들어주면, 듣고 싶은 말도 들을 수 있다. 남에게 부탁받은 것은 신속하게 행하고, 자신이 부탁한 것은 여유 있게 기다리는 사람이 되어야 한다. 존경받는 사람은 돈이 없다고 남을 업신여기지 않는 사람이고, 지위가 낮다고 남을 얕잡아 보지 않는 사람이고, 못 배웠다고 남을 무시하지 않는 사람이다.

내가 잘못하여 이웃에게 피해를 주고, 이웃이 잘못하여 내가 피해를 볼 때가 있다. 하고 싶은 말을 다 하고 살면 그 말에 얽매이게 되고, 하고 싶은 말을 줄이고 살면 그만큼 자신이 자유로워진다. 남에게 용기를 주는 말을 하는 사람이 있고, 상처가 되는 말을 하는 사람이 있다.

유식한 자가 무식한 체하는 데서 혼란이 있고, 무식한 자가 아는 체하는 데서 문제가 발생한다. 사람이 평소에 처신을 잘하지 못하면, 죽은 후에도 그에 대한 나쁜 이미지가 따라다닌다.

험담은 질투하는 마음으로부터, 칭찬은 공감하는 마음으로부터 시작된다. 상사의 기분을 맞추며 아부하는 사람은, 상황이 악화하면 상사를 가장 먼저 배신할 사람이다. 남에게 억울한 말 한 마디를 하면, 자신은 억울한 말 열 마디를 듣는다.

사람에게는 시작할 때의 박수보다 물러설 때의 박수가 더 값진 것이다. 말을 조심하고 행동을 신중하게 하는 자는 인격을 갖추고 신뢰를 쌓은 사람이다. 오늘 남에게 모든 것을 다 보여주게 되면, 내일은 보여줄 것이 아무것도 없다. 자신을 이기는 사람은 다른 사람을 이길 수 있다. 진정한 지도자는 부드러움으로 사람을 다스리고, 모든 잘못을 자신의 탓으로 돌린다.

남을 돕고자 하는 마음이 있으면, 도움을 받는 사람이 만족하도록 도와주어야 한다. 솔직하면 한마디의 말이면 되는 일을, 솔직하지 못하여 백 마디의 말을 해야 한다. 나의 절박함을 해결하고자 하거든, 상대의 절박함부터 해결하자.

초보자는 자신의 실수를 불안하게 대처하고, 능숙한 자는 노련하게 대처한다. 요리를 못 하는 사람이 남의 음식을 비판하고, 예의 없는 사람이 남의 태도를 비난한다. 아부를 잘하는 사람은 배신을 잘하지만, 아부를 못 하는 사람은 배신을 못 한다.

곶감은 조금씩 먹다 보면 모두 먹게 되고, 도박은 한발 한발 들여놓다 보면 집문서까지 남에게 넘어갈 수 있다. 남의 탓으로 책임을 돌리는 자는 남의 지배를 받으며 살고, 내 탓으로 책임을 돌리는 자는 남을 지배하며 산다.

착한 사람은 주변 사람을 착하게 만들고, 악한 사람은 주변 사람을 악하게 만든다. 사람은 힘이 들수록 같은 처지에 있는 사람과 서로 협조하며 살아야 어려움을 이겨 낼 수 있다. 사랑을 받는 사람은 사랑받는 일을 찾아서 행하고, 미움을 받는 사람은 미움을 받는 일을 찾아서 행한다. 경솔한 사람은 잘못한 사람에 대하여 질책을 먼저하고, 침착한 사람은 이해를 먼저 한다.

참된 아내는 남편을 존재감 있는 남편이 될 수 있도록 내조하고, 참된 남편은 아내를 존재감 있는 아내가 될 수 있도록 외조한다. 주인이 손님을 정성으로 모시면 종업원도 따라 하고, 주인이 손님을 불친절하게 대하면 종업원도 따라 하게 된다.

칭찬을 하려거든 한 단계 높여서 하고, 야단을 치려거든 한 단계 낮춰서 하자. 행동이 겸손하면 안 되는 일도 될 수 있고, 행동이 불손하면 되는 일도 안 될 수 있다. 하기 싫어도 행하면 의외의 좋은 결과를 얻고, 주기 싫어도 주게 되면 의외의 기쁨을 얻게 된다.

선행은 할수록 아름답게 보이고, 욕심은 부릴수록 추하게 보인다. 진솔하면 일이 풀릴 것을, 진솔하지 못하여 일을 더욱 어렵게 풀어간다. 부지런한 사람이 놀면 노는 시간이 지루하고, 나태한 사람이 일하게 되면, 일하는 시간이 지루하다.

남의 이익을 우선하면 내 주위에 사람이 넘치고, 내 이익을 우선하면 주위에 사람이 모이지 않는다. 남을 위해 땀을 흘리면 남도 나를 위해 땀을 흘리고, 남을 위해 눈물을 흘리면 남도 나를 위해 눈물을 흘린다.

같은 말도 상황에 따라 보약도 되고 독약도 된다. 대인은 자신의 큰 고통보다 남의 작은 고통을 우선하고, 소인은 남의 큰 고통보다 자신의 작은 고통을 우선한다. 정직한 자는 세상을 정직한 눈으로 보고, 부정직한 자는 세상을 부정직한 눈으로 본다.

남을 망하게 하는 것은 내가 망하는 길이고, 남을 잘되게 하는 것은 내가 잘되는 길이다. 남의 길을 막으면 내 길도 막히고, 남의 길을 열어 주면 내 길도 열린다.

겸손은 자신의 인격을 격상시키는 좋은 처신이고, 자만은 자신의 인격을 격하시키는 나쁜 처신이다. 남의 실수를 용서해 주면, 내가 실수할 때 미안함을 덜게 된다.

가족을 챙겨야 가족에게 사랑을 받고, 동료를 챙겨야 동료에게 사랑을 받는다. 힘든 처지에 있는 상대방을 도울 수 없다면, 상대방이 처한 상황을 자세히 알려고 하면 결례가 된다. 어릴 때는 자신의 많은 실수를 고치며 성장하지만, 어른이 되고 나서는 남의 많은 실수를 이해하며 살아간다.

소신이 있는 자는 자기 생각을 의심하지 않지만, 소신이 없는 자는 자기 생각을 의심하며 행한다. 미래를 보는 자는 험한 길도 불평 없이 가지만, 미래를 못 보는 자는 평탄한 길도 불평하며 간다.

약한 사람 앞에 힘자랑을 하지 말고, 배고픈 사람 앞에서 배부름을 자랑하지 말고, 돈 없는 사람 앞에서 돈 자랑을 하지 않는 것이 좋다. 매도자와 매수자는 상대방의 심정을 헤아려야 거래가 성사된다.

사람은 처음 만나는 상대방에게 선한 이미지를 남기려고 하고, 동물은 강한 이미지를 남기려고 한다. 사람은 도리를 다하면서 살고자 하지만 아쉬움이 남고, 알뜰히 추수하고자 하지만 이삭이 생긴다.

자신이 힘들면서도 어려움에 있는 사람을 보살피는 사람이 훌륭한 사람이다. 어리석은 자는 다른 사람을 끌어들여 망하게 하고, 지혜로운 자는 다른 사람을 끌어들여 잘되게 한다. 불효자는 부모가 떠난 뒤에야 불효했음을 알게 되고, 기회는 기회가 지난 뒤에야 그것이 기회였음을 알게 된다.

좋은 사람은 이익이 되는 일은 남과 같이하고 이익이 되지 않는 일은 혼자 하지만, 나쁜 사람은 이익이 되는 일은 혼자 하고 이익이 되지 않는 일은 남에게 맡긴다. 내 입장만 생각하면서 사는 자는 남과 다투며 살아가고, 남의 처지를 생각하며 사는 자는 남과 원만하게 살아간다.

진심이 있는 곳에 겸손이 있고, 가식이 있는 곳에 허세가 있다. 남을 시기하는 사람은 시기로 인해 망하고, 자존심 강한 사람은 자존심으로 인해 망한다. 악연도 처신에 따라 인연이 되고, 인연도 처신에 따라 악연이 된다.

진실한 사람은 자기 잘못과 심적 고통을 자신이 안고 가지만, 비겁한 사람은 자기 잘못과 심적 고통을 남에게 전가하며 산다. 남을 고통과 궁지로 모는 행위는 자기를 불행하게 만들고, 남의 고통을 덜어주고 힘이 되어 주는 자는 자신을 행복하게 만든다.

역경에 처하게 되면 능력 있는 자는 조용한 해결 방법을 택하고, 능력 없는 자는 소란한 해결방법을 택한다. 남을 위해 내 목소리를 낮추고 자존심을 버리면, 서로의 관계가 좋아진다. 상대와 이해관계에서 양보한 자는 양보한 만큼 얻는 것이 있다.

칭찬도 상황을 파악하고 난 뒤에 해야 하고, 거절도 상황을 파악하고 난 뒤에 해야 한다. 배고픈 자를 서럽게 하면 서럽게 한 자가 벌을 받고, 힘겨운 자를 힘들게 하면 힘들게 한 자가 벌을 받는다.

처음 만날 때의 예의도 중요하지만, 헤어질 때의 예의가 더 중요하다. 남의 일을 도울 때는 어렵고 힘들다고 불평하지 말고, 조언할 때는 상대방이 자존심을 상하지 않게 해야 한다.

인심이 후한 사람은 상대방의 처지를 이해하여 어려움을 돕지만, 약은 사람은 상대방에게서 이익을 얻을 목적으로 접근한다. 잘못된 고집은 자신과 집안을 망하게 하고, 올바른 고집은 자신과 집안을 흥하게 한다.

공동의 책임을 내 책임으로 받아들이는 것은 남의 잘못을 줄이기 위함이고, 남의 책임으로 돌리는 것은 자기 잘못을 줄이기 위함이다. 내 잘못을 덮으면 비난이 끊이지 않고, 남의 잘못을 덮어주면 칭찬이 끊이지 않는다.

상대를 사랑하거나 사랑받기를 원하면, 그를 위해 헌신하고 희생해야 한다. 받는 자의 마음 자세에 따라 주는 자의 마음 자세가 따라간다. 자신에게 엄격하고 남에게는 관대해야 존경을 받는다. 착하게 살아가면 뜻밖의 좋은 일이 생기고, 일에 열정을 다하면 행운이 따른다.

사람은 하기 싫은 일을 하면서 성숙하고, 어려운 일을 하면서 능력이 향상된다. 나의 부족함은 남을 돋보이게 하고, 나의 풍족함은 남을 의기소침하게 만든다. 여기서 성공하면 저기 가서도 성공하고, 여기서 실수하면 저기 가서도 실수한다.

가진 자는 못 가진 사람에게 베풀어야 가진 힘이 오래가고, 힘 있는 사람은 힘없는 자를 보호해야 가진 힘이 오래간다. 힘센 동물은 위기를 힘으로 해결하고, 지혜로운 동물은 위기를 지혜로 해결하고, 순발력 있는 동물은 위기를 순발력으로 해결한다.

마음이 올바른 자는 곳곳에 스승을 두고 살아가지만, 마음이 그릇된 자는 어디에도 스승이 없다. 배려하는 사람은 내 입장보다 남의 입장을, 내 자식보다 남의 자식을, 내 인격보다 남의 인격을 우선한다.

사람을 무시하면 그 일 때문에 울 때가 있고, 물질을 천대하면 그 일 때문에 울 때가 있다. 가진 사람을 시기하는 것은 가진 사람의 실정을 몰라서 그렇고, 없는 사람을 무시하는 것은 없는 사람의 실정을 몰라서 그렇다. 떳떳한 사람은 자신을 투명하게 밝히며 살고, 떳떳하지 못한 사람은 자신을 숨기며 산다. 무능력한 사람일수록 변명이 많고, 잘못이 많은 사람일수록 핑계가 많다.

보아서 안 되는 것을 볼 때는 눈을 감고, 말해서 안 되는 것을 들을 때는 입을 다물고, 들어서 안 되는 것을 들을 때는 못 들은 체 하자.

스트레스의 원인 중의 하나인 우유부단은 두 개 중의 하나를 선택해야 하는데 결정을 하지 못하는 상태를 말한다. 마음은 먹었으나 행동으로 옮기는데 많은 시간이 걸리는 사람은 우유부단한 사람이다. 돈키호테와는 달리 모든 일에 너무 신중한 햄릿은 우유부단한 성격 때문에 고민이 많았다.

A를 선택해 놓고 A를 선택하지 말고 B를 선택해야 하는데 하면서 후회하고 자책하는 사람은 불행하다. 하나를 선택하면 다

른 하나를 잊어버리는 습관에 길들일 수 있는 마음가짐이 필요하다.

재미있고 즐거운 일에만 몰두하는 삶은 자칫하면 위험할 수도 있다. 그러한 것이 유익하지 않고 정서를 피폐하게 하고 나쁜 영향을 끼칠 수도 있으므로 신중하게 선택해야 한다.

'그 누구도 아닌 자기 걸음으로 걸어라. 나는 독특하다는 것을 믿어라. 누구나 몰려가는 줄에 설 필요가 없다.' 이것은 영화 〈죽은 시인의 사회〉에 나오는 명대사이다.

고등학교 이과 인재들은 의, 치, 한, 약, 수. 다시 말해 의과 치과 한의학과 약학과 수의학과에 몰린다고 한다. 문과 학생 대부분은 공무원이 되기를 원한다. 돈을 많이 벌거나 편하고 안정된 직업을 원하는 것은 당연한 일인지도 모른다. 뜻 있는 인재들이 나라의 미래를 위한 첨단 공학이나 과학 분야에 도전했으면 하는 바람이다.

사람은 남이 자신을 알아주기를 바라거나 남에게 존경을 받거나 주인공이 되기를 바라지만 정작 존경받을 만한 올바른 행동을 하지 않는 사람들이 의외로 많다. 남에게 존경을 받기 위해서는 남을 먼저 존경하는 마음 자세가 필요하다.

인도의 간디가 영국을 방문했을 때 어떤 모임에서 우연히 어느 치과 의사를 만났다. 간디의 치아 상태가 나쁜 것을 안 그가 무료로 치아를 치료해 주겠다고 제안했는데, 간디는 정중히 거절했다.

간디는 모든 인도 사람들의 치아를 치료해 주면 맨 마지막에 자기가 치료를 받겠다고 대답했다. 지도자는 자신의 이익보다 단체 나아가 국가의 이익을 먼저 생각하는 마음이 있어야 한다.

'해결할 수 있는 문제라면 걱정할 필요가 없고, 해결할 수 없다면 걱정하지도 말라'는 티베트의 속담이 있다.

사람들은 미래에 대한 일에 대하여 쓸데없는 걱정을 많이 한다. 그것을 기우라고 하는데 걱정의 80~90%가 쓸데없는 괜한 걱정이다. 걱정하여 문제가 해결되면 걱정을 해도 된다. 그러나 걱정한다고 문제가 결코 해결되는 것이 아니다. 그러므로 걱정할 필요가 없다.

쓰레기를 치우는 사람이 '나는 왜 이렇게 더럽고 힘든 일을 해야만 할까?'하며 자책만 한다면 그는 자신이 점점 불행하게 된다. '내가 쓰레기를 말끔히 치움으로 거리가 깨끗해지고 아름답게 되어 사람들을 즐겁게 한다'는 신념을 가지면 그 일이 훨씬 쉽고 보람을 느끼게 되고 행복하게 될 것이다.

16_ 행복과 불행

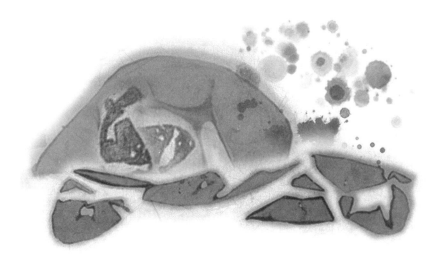

누릴 수 없는 장래의 행복을
갈망하는 사람들

아무리 행복한 사람에게도 불행이 찾아오고, 불행한 사람에게도 행복이 찾아온다. 불행은 쉽게 왔다가 오래 머물러 있고, 행복은 어렵게 왔다가 빨리 가버린다. 아무리 좋은 팔자도 울 일이 있고, 아무리 나쁜 팔자도 웃을 일이 있다.

사람의 고집이 지나치면 불행을 자초한다. 혹독한 가난을 경험하지 않은 사람은 가난한 사람의 심정을 헤아리지 못하고 헤아리려고 하지도 않는다. 행복도 불행도 띄엄띄엄 찾아오지만, 인간은 행복보다 불행이 더 자주 찾아오는 것으로 생각한다.

세상이 아무리 힘들어도 이승이 좋고, 개똥밭에 뒹굴어도 이승이 좋다. 기쁨만 찾으려고 하면 기쁨이 피해가고, 행복만 좇아가면 행복이 피해간다. 세상이 나를 알아주고 나를 필요로 할 때 행복하다.

기회를 포기하는 것은 복을 포기하는 것이고, 복을 포기하는 것은 인생을 포기하는 것이다. 나의 행복이 남의 불행에서 비롯되었다면, 그 행복을 포기하는 것이 옳다.

세상에는 친구만 있는 것이 아니라 무서운 적도 곳곳에 숨어 있다. 세상 사람에게 좋은 일을 하면 그 복은 본인과 후손이 받고, 세상 사람에게 나쁜 일을 하면 그 죄는 본인과 후손이 받는다.

사람에게 사랑을 주면 사랑을 주는 사람이 더 행복하게 되고, 미움을 주면 미움을 주는 사람이 더 불행해진다. 어제의 선행으로 오늘이 행복할 수 있고, 오늘의 선행으로 내일이 행복할 수 있다.

남이 기뻐하는 일을 찾아서 행하는 자는 인생이 행복하고, 남이 싫어하는 일을 찾아서 행하는 자는 인생이 불행하다. 불경기는 가난한 사람을 더욱 힘들게 만들고, 돈 많은 사람을 더욱 살기 좋게 만든다.

좋은 친구가 있는 것은 재산이고, 좋은 이웃이 있는 것은 행복이다. 불행이 있었기에 행복이 더욱 소중하고, 노력이 있었기에 결과가 더욱 빛나게 된다.

사람을 더욱 불행하게 하는 것은 자신의 잘못된 행동을 고치지 않는 데 있다. 사람은 누리고 있는 행복을 행복으로 느끼지 못하면서, 먼 곳의 누릴 수 없는 행복을 갈망하며 살아간다. 자신이 하는 일에서 행복을 찾지 못하면, 모든 일에 행복을 느끼지 못한다.

남이 나를 불행하게 보아도 내가 행복하다고 생각하면 행복한 것이고, 남이 나를 행복하게 보아도 내가 불행하다고 생각하면 불행한 것이다. 최선을 다한 사람은 후회가 없고, 최선을 다하지 않은 사람은 후회하며 산다.

행복은 이미 자신과 함께하고 있지만, 인간은 그것을 느끼지 못하고, 불행이 다가오고 있지만 눈치채지 못한다. 사람은 자신이 하는 일을 성원해 주는 사람이 있을 때, 삶의 기쁨을 느낀다.

내가 행한 선의 대가는 나의 복이요, 내가 행한 악의 대가는 나의 불행이다. 행복은 소리 없이 왔다가 소리 없이 가버리지만, 재앙은 요란하게 왔다가 소리 없이 가버린다. 행복은 노력하는 사람에게 오고, 불행은 나태한 사람에게 온다.

사랑을 받는 위치에서 사랑을 주는 위치로, 은혜를 받는 위치에서 은혜를 베푸는 위치로 바뀌는 것이 인생이다. 잘나가던 사람이 바닥으로 떨어지는 데는 한순간이다. 세상은 이 순간에도 변하고 있으나 그 변화를 미처 느끼지 못하고, 행복을 이 순간에도 누리고 있으나 그 행복을 느끼지 못할 때가 있다.

인간의 3대 행복은 건강과 가족과 일이 있는 것이다. 사람은 필요한 존재로 살아야 불행하지 않고, 사랑받는 행동을 하며 살아야 외롭지 않다. 감사하는 마음은 자신을 더욱 행복하게 하고, 감사하지 않는 마음은 자신을 더욱 불행하게 만든다. 내가 가진 것이 아깝지만 남에게 줄 때가 행복하고, 힘들어도 남을 도울 때가 행복하다.

인간은 현명한 선택의 결과로 행복하게 살아가고, 잘못된 선택의 결과로 불행하게 살아간다. 남의 불행이 나의 불행이 될 수 있고, 나의 행복이 남의 행복이 될 수 있다.

남편의 소중함을 아는 만큼 아내는 행복하고, 아내의 소중함을 아는 만큼 남편도 행복하다. 젊을 때는 불행해도 되지만, 노년에 행복해야 행복한 사람이라고 할 수 있다. 이웃과 사이좋게 지내는 사람은 행복을 아는 사람이고, 이웃과 사이가 나쁜 사람은 행복을 모르는 사람이다.

불행이 한 번으로 끝나면 다행으로 받아들여야 할 경우가 있다. 불행은 종합선물 세트로 올 수도 있다. 역경에는 현실을 벗어나려는 마음에서 과거를 그리워하고, 순경에는 현실의 행복에 빠지게 된다.

부자가 돈이 많은 것을 당연시하는 순간 행복에서 멀어진다. '내 재산이 50억인데 100억을 모아야지'하는 마음으로 극도의 근검절약을 하면서 살다 보면 목표는 달성했으나 어느새 인생이 훅 지나가 버리고 늙고 병든 자신을 발견하게 된다.

인간의 불행은 자신이 누리고 있는 행복을 느끼지 못하고 있기 때문이다. 그에게 주어진 행복의 조건이 아홉 개가 있는데, 한 가지가 없어 그것 때문에 자신이 불행한 사람이라고 단정한다.

물질적인 풍요로 행복을 채우려는 사람이 있다. 고가의 명품 핸드백이 여러 개 있어도 새로 나온 신상품에 대해 관심이 쏠린다.
물질은 욕구를 채워주지만, 내적 평화까지는 책임지지 않는다.
역경이 있으면 순경이 있다. 어두운 쥐구멍에도 볕 들 날이 있듯이 인생은 오르막이 있으면 내리막이 있으므로 좌절하거나 낙담하지 말고 견뎌야 한다.

호랑이를 처음 보면 무섭게 여기고 감탄하게 된다. 그러나 그것을 매일 보면 이웃집 진돗개처럼 보인다.

사람은 자신에게 주어진 좋은 조건을 망각하며 산다. 건강하다가 건강을 잃고 나서야 건강의 소중함을 알듯이 행복을 누리다가 불행을 겪고 나서야 비로소 행복의 가치를 알게 된다.

17_ 사람과 사람

남을 이기기 전에
자신을 이겨라

태양이 낮과 밤을 만들 듯이, 인간은 행복과 불행을 만든다. 고민에도 즐거운 고민이 있고 괴로운 고민이 있듯이, 눈물에도 기쁨과 슬픔의 눈물이 있다.

여유가 있는 사람은 서둘지 않고, 사려 깊은 사람은 목소리를 높이지 않는다. 세상에는 못 먹어서 병에 걸리는 사람이 있고, 너무 먹어서 병에 걸리는 사람이 있다. 돈을 버는 시기는 정해져 있지만, 돈을 써야 하는 시기는 탄생에서 죽음까지다. 독사가 품은 독은 한 사람을 죽일 수 있지만, 인간이 품은 원한은 많은 사람을 죽일 수 있다.

스트레스가 쌓이면 병이 되고, 오해가 모이면 불신이 된다. 명성이 높을수록, 직급이 높을수록, 돈이 많을수록 그것이 사라졌을 때는 충격이 심하다. 내 것이 볼품없어도 나에게 중요하듯이, 남의 것이 볼품없어도 남에게 중요하다. 능력이 있으면 의사 결정에 우선권을 갖지만, 능력이 없으면 남의 의사를 따라갈 수밖에 없다.

근묵자흑(近墨者黑)이라는 말이 있듯이, 정직한 사람과 어울리면 정직한 사람을 닮고, 부정직한 사람과 어울리면 부정직한 사람을 닮는다. 고향에 있으면 객지에 사는 친구가 부러울 때가 있고, 객지 생활을 하면 고향을 지키며 사는 친구가 부러울 때가 있다.

일본사람은 한 사람을 앞세워 놓고 뒤에 줄 서는 일을 잘하고, 이스라엘 사람은 한 사람을 좋은 자리에 올려놓고 받드는 일을 잘한다. 살다 보면 남의 집 낙엽이 내 집으로 날아올 때가 있고, 내 집 낙엽이 남의 집으로 날아갈 때가 있다.

나이 들수록 돈을 쓸 일이 많아지고, 남의 힘을 빌릴 일이 많아진다. 물은 지면이 낮은 곳으로 물길이 나고, 사람은 돈이 되는 곳으로 모인다. 분별력 있게 물건을 모으는 사람은 필요한 것만 모으고, 무턱대고 모으는 사람은 불필요한 것까지 모은다.

소박하고 조용한 곳에는 진실이 있고, 요란하고 황홀한 곳에는 거짓이 있다.

동업은 서로 마음이 맞으면 혼자 운영할 때보다 좋지만, 마음이 맞지 않으면 혼자 운영할 때보다 좋지 않다.

꽃이 시들면 벌과 나비가 외면하듯이, 사람이 늙으면 친구와 돈도 멀어진다. 무능한 자가 큰 일거리를 맡으면, 자신뿐만 아니라 남에게도 피해를 준다. 좋은 일도 자주 일어나면 좋은 일에 무뎌지고, 나쁜 일도 자주 일어나면 나쁜 일에 무감각해진다.

사랑이 전부인 것 같아도 사랑만으로 살 수 없듯이, 돈이 최고인 것 같아도 돈만으로 살 수 없다. 주방 일을 생각 없이 하면 식기류를 깨뜨리고, 인생을 생각 없이 살면 사고가 발생한다.

한 개의 장작에는 불이 잘 붙지 않지만, 몇 개의 장작을 걸치면 불이 잘 탄다. 자신이 하고 싶은 일에는 노력도 물질도 아깝지 않지만, 하기 싫은 일에는 모든 것이 아깝다.

마음이 맞는 여자 셋이 모이면 못 하는 말이 없고, 마음이 통하는 남자 셋이 모이면 못 하는 일이 없다. 유식한 자는 이길 수 있어도, 대화가 통하지 않는 무식한 자는 이길 수 없다. 우두머리가 흔들리면 그를 따르는 무리가 흔들리고, 나무가 흔들리면 그를 지탱하는 뿌리까지 흔들린다.

잘 사는 동네에 못 사는 한 집은 살 수 있어도, 못 사는 동네에 잘 사는 한 집은 살기 힘들다. 저 사람은 공부하는 재주는 나보다 못해도 돈 버는 재주는 뛰어나고, 이 사람은 일하는 재주는 나보다 못해도 노래 실력은 앞선다.

역사란 어제를 교훈 삼아 오늘에 충실하고, 내일을 올바르게 살아가게 하는 거울이다. 열 병의 술보다 한 개의 빵이 소중한 사람이 있고, 열 개의 빵보다 한 잔의 술이 반가운 사람이 있다.

실수는 집중력 부재에서 생기고, 도난은 방심으로 생기고, 가난은 절약하지 않는 습관에서 생기고, 질병은 불결한 위생과 불규칙한 습관에서 생긴다. 세상 모든 것은 목적의 연속이고, 관계의 연속이고, 선택의 연속이다.

돈은 벌려고 할 때는 생각처럼 모이지 않고, 지출할 때는 생각했던 것보다 더 많이 지출된다. 젊다는 것은 용기와 힘이 있고, 가능성이 충분하다는 것을 의미한다.

계속해서 사용하는 연장은 녹슬지 않고, 쉬지 않고 흐르는 물은 깨끗하다. 공룡이 멸종한 것은 힘이 모자라서가 아니라, 변화하는 환경에 적응하지 못했기 때문이다.

간섭을 받지 않으려고 하면, 도움도 받지 말고 모든 일을 스스로 해결할 수 있어야 한다.

로마인은 길을 통하여, 영국인은 바다를 통하여, 독일인은 신뢰를 기반으로, 미국인은 실용주의를 기반으로 강국을 만들었다. 어린아이가 우는 것도, 어른이 우는 것도 이유가 있다.

합당한 분배란 노력한 사람과 게으름을 피운 사람에게 똑같이 주는 것이 아니라, 일의 성과에 따라 주는 것이다. 사람이든 기업이든 시련과 어려움을 이기는 과정에서 성장 발전한다.

정확한 정보를 얻으려면, 언론 매체와 여론을 참고하고 직접 현장에 가서 생생한 정보를 얻는 것이 좋다. 규칙적인 생활은 보약보다 더 좋은 건강관리 방법이다.

세상 사람들이 무관심한 듯 보이지만 결코 무관심한 것이 아니다.

인간은 태어나면서부터 죽음을 향해 달리고, 물은 솟아나면서부터 바다를 향해 흐른다. 솔개가 멍청하면 솔개가 참새에게 조롱을 당하듯이, 상전이 멍청하면 머슴에게 놀림을 당한다.

경제에 있어서 한 업종은 다른 업종과 맞물려 간다. 한쪽이 잘 돌아가면 나머지도 잘 돌아간다. 옛사람은 새 사람에게, 구법은 신법에, 헌 도구는 새 도구에 자리를 비켜주어야 한다.

한 번의 기회 포착은 또 다른 기회 포착을 이룩할 수 있지만, 한번 놓친 기회는 또 다른 기회까지 잃게 한다. 인연은 사소한 데에서 출발하고, 기회는 우연한 곳에서 시작된다.

꽃과 노래를 좋아하는 사람치고 악한 사람은 없다. 많이 다진 땅일수록 단단하듯이, 많은 시련을 이긴 자일수록 강하다.

하나의 계기가 태도를 변화시키고, 하나의 상황이 운명을 바꾼다. 신은 인간에게 위기 때마다 위기에서 벗어날 수 있는 지혜를 준다. 한 사람의 훌륭한 군사 전략가는 수만 명의 귀한 생명을 살리고, 한 사람의 훌륭한 사업가는 수만 명의 일자리를 만든다.

어려운 한 사람을 돕는 것은 행복한 열 사람을 돕는 것보다 낫다. 길을 만들면 길이 되고, 일을 만들면 일이 된다. 한 곳에서 많이 생산되는 먹거리가 다른 곳에는 부족하다.

가정에서는 부모가 중심을 잡아야 가정이 행복하고, 나라에서는 통치자가 중심을 잡아야 나라가 평온하다. 같은 날 내린 소나기가 압록강으로 흐르는 물이 되고, 두만강으로 흐르는 물이 된다.

나 혼자 남을 구경하면서 세상을 사는 것이 아니라, 나도 남의 구경거리가 된다. 사람은 겪어봐야 사람을 알고, 세상은 살아봐야 세상을 안다. 엄동설한의 추위에는 촛불의 따뜻함도 힘이 되고, 캄캄할 때는 바늘구멍 같은 작은 불빛도 희망이 된다.

길을 가는 사람은 뛰어야 할 때가 있고, 걸어야 할 때가 있다. 말에게 채찍질하는 것은 가혹한 일이지만, 채찍이 없으면 말이 질주하지 않는다. 식물의 줄기는 햇빛이 비치는 쪽을 향하고, 인간의 마음과 몸은 돈과 권력이 있는 쪽으로 향한다.

과거에 얽매이면 미래로 가는 데 지장이 있고, 사소한 것에 집착하면 큰일을 하는 데 지장이 있다. 의지가 약하면 약한 내풍에도 무너지고, 의지가 강하면 강한 외풍에도 흔들림이 없다.

세상에는 돈이 없어서 마음대로 음식을 사서 먹을 수 없는 사람이 있고, 먹을 것이 많이 있어도 건강이 좋지 않아 먹지 못하는 사람이 있다. 지금 필요한 공부는 오늘의 문제를 해결해 주지만, 지금 필요하지 않은 공부는 내일의 문제를 해결해 준다.

단단한 땅에 고인 물이 오래가게 되듯이, 알뜰하게 모은 돈이 오래간다. 사람은 하고자 하는 일에는 한 가지 이유를 대면서 정당함을 주장하고, 하기 싫어하는 일에는 온갖 이유를 대면서 부당함을 주장한다.

상품 판매는 품질과 친절이 거래를 결정하고, 운동경기는 실력과 승부 근성이 승리를 결정한다. 사람은 고향에서는 인정을 받지 못하지만, 타향에서는 존경을 받을 수 있다.

진실은 밝혀져서 좋을 때가 있고, 밝혀져서 나쁠 때가 있다. 억울함을 당하지 않으려면 힘을 키워야 한다. 똑같은 거리이지만 아래에서 위를 쳐다보면 무섭지 않지만, 위에서 아래를 내려다보면 무섭다.

힘든 환경은 사람을 강하게 만들기도 하지만 약하게도 만든다. 맛있는 음식은 입을 즐겁게 하고, 즐거운 일은 인생을 즐겁게 한다. 가는 길이 쉬우면 돌아오는 길이 어렵고, 가는 길이 어려우면 돌아오는 길이 쉽다.

피해를 주고 좌절을 주는 사람도 주변 사람이고, 희망을 주고 용기를 주는 사람도 주변 사람이다. 인간은 확고한 인생관 때문에 중심을 잡고, 나무는 튼튼한 뿌리로 자신을 지탱한다.

세상에서는 내가 필요한 곳이 있다. 자신이 단지 모르고 살아갈 뿐이다. 다른 좋은 방법이 있지만, 사람들은 자기 방식이 옳다고 주장한다. 얼마나 소유하고 있는 것이 중요한 것이 아니라, 그것을 어떻게 활용하느냐가 중요하다.

인간의 두뇌나 육체는 활용하는 쪽으로 발달한다. 연장은 사용하지 않으면 녹이 슬고, 길은 사용하지 않으면 잡초로 무성하다. 풀을 잘 벨 수 없는 무딘 낫이 사람에게 상처를 잘 낸다.

나그네의 말에도 귀담아들을 것이 있고, 비판자의 말에도 새겨들어야 할 감사한 말이 있다. 지식의 가치는 상황에 따라 진가가 다르고, 물질의 가치는 필요에 따라 진가가 다르다. 사람은 지위가 높을수록 듣기 좋은 말을 원한다.

나에게 있으면 내 힘이 되고, 남에게 있으면 남의 힘이 되는 것이 지식과 물질이다. 인간 사회는 한옥의 목재 같아서 서로 맞물려야 한다.

보기 싫은 사람을 보아야 하는 날도 오고, 보고 싶은 사람을 볼 수 없는 날도 온다.

사람과 사람이 인연이 되어 만났다가 헤어지고, 사람과 물질이 인연이 되어 만났다가 멀어진다. 알면 아는 만큼 편히 살고, 모르면 모른 만큼 답답하게 산다.

안전한 시기는 평범한 리더로 감당할 수 있지만, 어려운 시기는 탁월한 리더로도 감당하기 어렵다. 처녀와 총각 때의 본성은 결혼 후에 드러나고, 새로 산 기계의 성능은 시간이 지나면 알 수 있다.

신은 인내하고 감사할 줄 아는 자에게는 기회를 주지만, 인내하고 감사할 줄 모르는 자에게는 기회를 주지 않는다. 부끄럽던 말도 자주 하다 보면 입에 익숙해지고, 어색하던 행동도 자주 하다 보면 친숙한 행동이 된다.

좋은 가장은 자신을 희생하면서까지 가족을 생각하고, 진정한 애국자는 자신을 희생하면서까지 나라에 헌신한다. 혼자서 짐을 지고 가면 짧은 길도 힘겹지만, 짐을 여럿이 나누면 멀리 가는 길도 즐겁게 갈 수 있다. 미래가 있는 직원은 상사가 없어도 열심히 일하지만, 미래가 없는 직원은 상사가 있어도 게으름을 피운다. 물질은 주는 사람의 정성도 중요하지만, 받는 사람의 마음가짐도 중요하다.

사랑과 우정은 시련과 고통을 극복한다. 나그네 앞에는 길과 들과 강과 산이 있다. 특별하게 잘하는 것이 있는 자는 특별하게 못 하는 것도 있다.

특별한 능력을 갖추면 특별한 대접을 받게 되고, 미래에 대해 철저한 준비를 한 사람은 많은 기회를 얻게 된다. 즐거운 일도 오랜 시간 동안 반복하면 지루함을 느끼고, 맛있는 음식도 계속 하여 먹게 되면 싫증이 난다.

나의 단점을 고치지 않으면 남을 불편하게 만든다. 인간은 잊 어야 할 것을 잊지 못하고, 기억해야 할 것을 기억하지 못하며 산다. 공평한 결정 때문에 피해를 보는 자가 있고, 불공평한 결 정 때문에 이득을 보는 자도 있다.

평화는 국력이 강할 때만 유지되고, 전쟁은 국력이 약할 때만 발발한다. 신은 인간에게 장점과 단점을 같이 주었다. 세상은 듣 고 보는 것이 전부가 아니다. 들리지 않아도 보이지 않아도 존재 하는 것이 있다.

큰 사람이 되려면 보이는 것만 보지 말고, 보이지 않는 것도 볼 수 있어야 한다. 능력이 없는 사람이 앞장을 서면 뒤따르는 사람이 괴롭고, 서툰 운전자가 선두에서 차를 몰면 뒤에 따라가는 운전자들이 힘들다. 하고 싶은 일을 한다고 해서 결과가 모두 좋을 수는 없고, 하기 싫은 일을 한다고 해서 결과가 모두 나쁠 수는 없다. 누구나 실수할 수는 있지만, 모두가 실수를 용서해 주는 것이 아니다.

나라의 가난은 개인의 가난에서 시작되고, 나라의 부강은 개인의 부강에서 시작된다. 오늘의 달이 내일의 달과 같지 않듯이, 오늘의 나의 인생이 내일의 나의 인생과 같을 수 없다.

첫 번째 원칙이 무너지면 두 번째 원칙이 무너지기 쉽고, 첫 번째 원칙이 성공하면 두 번째 원칙도 성공할 가능성이 높다. 미래가 희망적인 사람은 남의 좋은 점부터 배우고, 미래가 절망적인 사람은 남의 나쁜 점부터 배운다.

사람이 성공했다는 생각에 안주하면, 그 사람은 더 큰 성공을 거두기 어렵다. 내가 아는 것이 부족하면 다른 사람의 행동을 따라야 한다. 남을 이기려고 하기에 앞서, 자신을 이기도록 노력하자.

잘못했으면 잘못을 바로 인정하는 것이 좋다. 나중에 잘못이 드러나면 수습하기가 어렵다. 부족한 부분이 있으면 쉬운 것부터 보완하는 것이 옳다. 능력이 없고 자신감이 없는 자는 쉬운 것을 선택하지만, 능력이 있고 자신감이 있는 자는 어려운 것을 선택한다.

고귀한 말 한마디와 소중한 글 한 구절이 성공에 이르는 결정적인 계기를 준다. 불의를 참지 못하는 자는 의외로 눈물과 인정이 많다. 현재의 기쁨이 영원할 것 같지만 오래가지 않고, 현재의 고통이 영원할 것 같지만 오래가지 않는다.

잘못인 줄 모르고 행한 자는 용서가 될 수 있어도, 잘못인 줄 알면서 행한 자는 용서될 수 없다. 도둑을 맞고 나서 후회하는 자는 어리석은 자이고, 도둑을 맞기 전에 대비하는 자는 현명한 자이다.

큰일을 하고자 하거든 담력과 배짱부터 키워라. 인간은 처음 보는 사람을 만날 때 부드럽게 수평관계를 맺지만, 동물은 기선 제압으로 상하 관계를 맺는다.

지식인에게는 책 냄새가 나고, 부자에게는 돈 냄새가 난다. 세상에는 독불장군은 없다. 당신이 없어도 당신을 대신할 똑똑하고 능력 있는 사람이 많다. 쉬운 상황은 사람을 느슨하게 만들고, 어려운 상황은 사람을 긴장시킨다.

국제관계에서 자국의 안전과 이익을 위해서는 상대국을 이용하려고 한다. 세상 모든 것은 시간이 지나면서 변한다. 그러면서 퇴보하기도 하고 발전하기도 한다. 돈이 없고 권력이 없어도 올바르게 살아야 무시당하지 않고 당당하게 살 수 있다.

가난한 자를 도와준다고 그만큼 내가 더 못사는 것이 아니고, 가난한 자를 도와주지 않아서 그만큼 내가 더 잘 사는 것이 아니다.

반복되는 일상이 지루하여 자신이 외롭다고 말하는 것은 인생에 실례되는 말이다. 곤경에 처하여 괴로울 때 비로소 그때가 축복이었음을 깨닫게 된다.

남에게 밥을 사주기 위하여 전화를 먼저 하는 사람은 친구가 많지만, 연락을 받고 나가서 밥을 얻어먹는 사람은 친구가 없는 외로운 사람이다.

한 사람에게 어떤 일을 맡기는 것은 그를 신뢰하기 때문이고,
그에게 기대를 거는 것은 희망이 보이기 때문이다.